Uwe Goeritz

Ein Kater rettet das Weihnachtsfest

Bibliografische Information der Deutschen Nationalbibliothek:

Die Deutsche Nationalbibliothek verzeichnet diese Publikation in der Deutschen National-bibliografie; detaillierte bibliografische Daten sind im Internet über http://dnb.dnb.de abruf-bar.

© 2018 Uwe Goeritz

Coverfoto: Marion Jana Goeritz

Herstellung und Verlag: BoD – Books on De-mand, Norderstedt

ISBN: 978-3-7481-2863-2

Inhaltsverzeichnis

Ein Kater rettet das Weihnachtsfest

Ihr ganzes Leben scheint in Scherben gebrochen zu sein. Kurz vor Weihnachten sitzt Karo in ihrer Wohnung und heult sich ihre Seele aus dem Leib. Alles kommt ihr so sinnlos vor. Doch dann klopft ein kleiner Kater an ihr Fenster und wirbelt ihr ganzes Dasein durcheinander.

Wird es vielleicht doch noch ein schönes Weihnachtsfest für die junge Frau?

Sämtliche Figuren, Firmen und Ereignisse dieser Erzählung sind frei erfunden. Jede Ähnlichkeit mit echten Personen, ob lebend oder tot, ist rein zufällig und vom Autor nicht beabsichtigt.

1. Kapitel

Ein unerwarteter Besucher

Durch den Schleier ihrer Tränen sah sie die Uhr an der Wand gegenüber. Es ging auf acht Uhr abends und damit saß sie schon mehr wie einen halben Tag hier auf dem Sofa und heulte sich die Seele aus dem Leib. Der Berg an Taschentüchern hatte sich schon von dem kleinen Tisch auf den Fußboden ringsum verteilt. Karoline, oder kurz Karo, wie sie alle nannten, sah zur Seite und der kleine Engel neben ihr schien sie auszulachen. Sie griff sich die Porzellanfigur und holte aus, doch noch bevor sie die kleine Gestalt an die gegenüberliegende Wand schmettern konnte, ließ sie sie wieder sinken.

Was konnte der Engel schon dafür, dass Siglinde ihn ihr geschenkt hatte. Ein Jahr war das nun her. Zum letzten Weihnachtsfest und bis zum Tag zuvor hatte sie noch gedacht, dass Siglinde ihre beste Freundin war, der sie alles erzählen konnte und die auch alles verstehen würde. Doch dann war der Schock nur noch viel größer gewesen, als sie am Abend zuvor in die Wohnung gekommen war. Bei einer Dienstreise hatte sie sich extra beeilt, um so schnell wie möglich wieder zu

Hause zu sein. Damit wollte sie ihren Freund überraschen, doch am Ende war sie selbst die Überraschte.

Sie hatte Siglinde mit ihrem Freund im Bett erwischt! Kurzerhand hatte sie die Beiden einfach aus der Wohnung geworfen und ihnen nicht mal die Zeit gelassen, sich anzuziehen. Nach einer schlaflosen Nacht der Tränen hatte sie am Morgen dann den kompletten Besitz ihres Freundes, den dieser in ihrer Wohnung gelassen hatte, in einen Wutanfall aus dem Fenster in den Innenhof geworfen. Das Radio war in tausend Teile zerschellt, als es auf die kleine Mauer geprallt war, die den Hof von der Blumenrabatte trennte. Die Kleidung hatte die Trümmer dann zugedeckt. Das hatte gut getan und sie hatte noch kurz hinunter gesehen. Sollte er doch sehen, wie er seine Sachen wieder trocken bekam, denn es schneite schon den ganzen Tag.

Karo setzte das kleine Engelchen vorsichtig wieder auf seinen Platz und ging zum Schrank. Da mussten doch noch irgendwo Taschentücher sein. Alle Fächer durchwühlte sie, fand aber keine mehr. Schließlich holte sie sich eine Rolle Küchenpapier und setzte sich zurück auf das Sofa, doch die Suche hatte nun ihre Tränen getrocknet.

Die Wut über den untreuen Freund hatte die Trauer vertrieben. Eigentlich wollten sie ja in der nächsten Woche in die Berge fahren und dort Ski laufen, aber da konnte er ja Siglinde mitnehmen.

Wütend räumte sie die Taschentücher in einen großen blauen Plastiksack und stellte diesen in den Flur. Was nun? Ihr Blick fiel auf den Kalender neben dem Spiegel. Heute war der erste Advent! Das würde in diesem Jahr ein tolles Weihnachtsfest werden! Keine Freundin, kein Freund. Niemand, der mit ihr feiern würde. Und Ferien waren auch noch. Die junge Frau hatte sich extra ihren ganzen Urlaub für den Dezember aufgespart! Und nun? Es klingelte und Karo öffnete im Reflex die Tür, ohne wirklich daran zu denken, wie sie wohl im Moment gerade aussah. Siglinde stand vor der Tür und versuchte eine Entschuldigung, aber die kam eher halbherzig bei ihr an. Der ehemaligen Freundin tat es offensichtlich nur leid, dass sie erwischt worden war. Wortlos drückte Karo der Frau den blauen Sack in die Hand und knallte die Tür vor ihrer Nase zu. Sollte sie sich doch ihre Entschuldigung sonst wohin stecken!

Ein neuer Blick auf den Kalender. Was sollte sie mit der freien Zeit anfangen? Da stand sie nun im Flur und sah zur Stube hinein. Nur hier sitzen und warten, dass der Dezember endlich rum war, das kam ihr so sinnlos vor. Vielleicht sollte sie selbst in den Urlaub fahren? Oder fliegen? Weit weg von den Gedanken an Weihnachten. Das wäre es doch! Karo setzte den Wasserkocher auf und machte sich einen Tee. Während das Wasser im Kocher langsam zum Sieden kam überlegte sie weiter, wo sie hinfahren sollte. Wo wollte sie schon immer mal hin? Früher, mit den Eltern, war sie immer in Griechenland gewesen. Auch Portugal hatte sie vor Jahren einmal besucht. Das war das letzte Jahr ihrer Schulzeit gewesen. Über die Schule gingen die Gedanken zu ihrem Freund.

„Verdammt." rief Karo und schlug mit der Faust auf den Küchentisch. Das hätte ihr Jahr werden sollen! Sie hatte die neue Arbeit gefunden, eine neue Wohnung bezogen und ihr Freund, oder nun besser Ex-Freund, hatte ihr im Sommer nach drei Jahren endlich einen Heiratsantrag gemacht.

Alles hatte bis zum Tag zuvor noch so rosig ausgesehen und nun stand sie vor einem Scherbenberg. Die Eltern wohnten am anderen Ende des Landes. Bis gerade eben hatte sie das noch toll gefunden und nun? Sollte sie die Beiden vielleicht besuchen? Oder doch lieber die Idee vom Wegfliegen weiter verfolgen?

Vorsichtig angelte sie mit spitzen Fingern den Teebeutel aus der Tasse und schlurfte zum Sofa zurück. Laptop oder Telefon? Wofür sollte sie sich entscheiden? Karo sah zum Fenster und der Schnee lag auf dem Fensterbrett. Die Eltern wohnten im Gebirge und da würde sie jeden Tag an das kommende Weihnachtsfest denken müssen. Daran, dass sie nun alleine war und was sollte sie den Eltern sagen? Vor einer Woche hatte sie noch der Mutter am Telefon erzählt, was für ein toller Mann ihr Freund war. Also doch der Urlaub im Süden! Karo zog sich den Computer auf die Knie und klappte ihn auf. Erwartungsfroh blinkte der Mauszeiger und lauerte auf ihre Suchanfrage.

Wohin? Griechenland? Portugal? Ägypten? Hauptsache in den Süden und kein Schnee! In Ägypten würden sie sicher kein Weihnachten feiern! Also war das wohl das beste Ziel für jemanden, der vor dem Fest flüchten wollte.

Gerade hatte sie die Anfrage eingetippt und wartete auf die Anzeige, als es hinter ihr am

Fenster kratzte. Die Wohnung war hier im dritten Stock! Wer konnte denn da draußen sein? Karo schob den Computer auf den Tisch und ging zum Fenster. Es war schon dunkel, aber sie sah eine Bewegung dort im Schnee.

Vorsichtig öffnete sie das Fenster und sah ein kleines Kätzchen dort sitzen. Völlig verfroren, schmutzig und mauzend. „Du siehst so aus, wie ich mich fühle." sagte Karo und hob das kleine graue Fellbündel an. „Wo kommst du denn her?" fragte sie und sah hinaus. Der nächste Baum war mehr als zwei Meter entfernt und einen anderen Weg gab es hierher nicht. Der kleine Stubentiger musste wohl diese Strecke gesprungen sein.

Sie schloss das Fenster mit einer Hand und hielt den Kater in der anderen. „Und du stinkst!" sagte die Frau, als sie das Tier ansah. Jetzt hielt sie es so weit wie möglich von sich fort und überlegte, wie sie das Tier wohl wieder sauber bekam. Karo dachte an Hexi, ihre erste Katze, die sie als kleines Mädchen im Hause der Eltern gehabt hatte. Die war so unheimlich wasserscheu gewesen, das sie da nicht mal mit einem Lappen in die Nähe kommen dufte, aber bei diesem Tier hier, da würde wohl alles andere nichts nutzen.

So konnte der kleine Gast jedenfalls nicht bei ihr bleiben. Zuerst musste er sauber werden, über den Rest konnte sie sich dann später auch noch Gedanken machen. Das kleine Fellbündel weit vor sich her haltend, ging Karo mit ihm in das Bad. Einen Versuch war es sicher wert!

2. Kapitel

Schmerzlicher Verlust

Sofie saß vor dem leeren Katzenkorb und fragte laut „Strolchi, wo bist du nur." Doch sie erhielt auch an diesem Abend nicht die erhoffte Antwort. Kein Schnurren, kein aus dem Korb springen. Nichts! Die elfjährige zog die Spielzeugmaus aus der Schlafstatt und wirbelte sie umher, so wie ihr Kater das gern gemocht hatte. Immer wieder war er nach der Spielmaus gesprungen und sie hatten sich stundenlang damit beschäftigt, doch nun war er fort. Nur kurz hatte sie das Fenster offen gelassen und da hatte er einen Ausflug gemacht. Zwei Wochen war das nun schon her.

Überall hatte sie nach ihm gesucht. Jeden Abend war sie weinend in ihr Bett gegangen und hatte das Fenster weit offen gelassen, so dass am nächsten Morgen sogar Schnee im Zimmer gewesen war. Aber der kleine Kater war nicht zurückgekommen. Dabei hatte sie sich sogar eine Erkältung zugezogen, als sie bei der Kälte im Zimmer geschlafen hatte, doch das war ihr egal gewesen. Die Tür des Zimmers öffnete sich und ihr Vater schaute zu ihr herein. „Willst du nicht endlich ins

Bett gehen?" fragte er, da sie sich schon vor Stunden gewaschen hatte und nun im Schlafanzug auf dem Zimmerfußboden saß. Sofie nickte und ging zu ihrer Liege, die mit der bunten Bettwäsche bedeckt war. Der Mann kam zu ihr und gab ihr einen Gute-Nacht Kuss, dann deckte er sie zu. Danach löschte er das Licht, war wieder draußen und wenig später saß Sofie erneut auf dem Teppich vor dem Katzenkorb.

Ihr Blick fiel auf das Bild, dass auf der Kommode neben ihr stand und welches die kleine Nachtischlampe beleuchtete. Vorsichtig zog sie es zu sich und strich mit den Fingern darüber. Da waren sie allen noch glücklich vereint gewesen. Sie, Mutti, Vati und natürlich Strolchi. Es war ein Foto vom letzten Weihnachtsfest. Kurz darauf war die Mutter krank geworden und nun war sie schon mehr als ein halbes Jahr fort. Sofie hatte ein paar Monate gebraucht, um über den Tod der Mutter hinweg zu kommen und nun, gerade nachdem sie es halbwegs verarbeitet hatte, war nun auch noch der geliebte Kater fortgelaufen. Der Tröster in all der schmerzlichen Zeit. Wo war er nur hin? Ein paar Tränen tropften auf das Bild.

Von draußen hörte sie das Lachen einer Frau. Das war Susi, die Arbeitskollegin ihres Vaters.

16

Sofie drehte ihren Kopf zu dem Bären, den ihr die Frau in der letzten Woche mitgebracht hatte. Mit den Worten „Weil du sicher deinen Kater vermisst." hatte die Frau ihr das Plüschtier in den Arm gedrückt. Als ob das ein Ersatz für Strolchi gewesen wäre! Auch deswegen konnte sie die Frau nicht leiden und das ließ sie Susi immer wieder spüren, aber anscheinend begriff die Frau das nicht. Mit Bären spielen? War sie denn ein kleines Kind? Trotzig stand sie auf und zog den Teddy zu sich, dann warf sie ihn an die Wand.

Mit dem Bild der Mutter ging sie in ihr Bett und sah in die Augen ihres kleinen Katers. Wo war er nur? Ging es ihm gut? „Komm zurück!" flüsterte sie und stellte das Bild auf den Nachttisch neben sich. Wieder schallte das Lachen der Frau durch den Flur. Nur zu deutlich war es zu hören. Was wollte die Frau hier? Sofie schreckte hoch. Wollte diese dumme Kuh etwas ihre Mutter werden? Das musste verhindert werden. Mit allen Mitteln! Nur wie? Als Erstes musste sie dafür sorgen, dass die Frau hier nicht über Nacht blieb. Das Mädchen stand auf und griff sich den Teddybären, der neben der Ausgangstür lag. Dann ging sie damit in die Stube „Ich kann nicht schlafen!" sagte sie und sah die Frau neben ihrem Vater auf dem Sofa sitzen. Keiner der beiden Erwachsenen machte Anstalten aufzustehen und zu ihr zu

kommen. So stand sie einfach dort, mit dem un-
geliebten Bären in der Hand. „Na wenn ihr nicht
wollt!" dachte sie zornig und warf das Stofftier
über den Tisch. Nun hatte sie die Aufmerksam-
keit, die sie haben wollte, aber auch einen Schrei
der Frau. Der Bär hatte im Flug ein Glas vom
Tisch gerissen und es über den Rock der Frau
gekippt. Ein größerer roter Fleck machte sich auf
dem weißen Kleidungsstück breit.

Die Frau rannte an ihr vorbei und Sofie hörte
die Badtür zuschlagen. Der Vater kniete vor dem
Sofa und versuchte den Rest des Weins vom
Teppich zu bekommen, dabei schimpfte er. Auch
der Bär war nun vollkommen ruiniert. Dann kam
Susi im Unterrock zurück. Sie hatte das nasse
Stück Stoff, das bis gerade eben noch ihr Rock
gewesen war, in der Hand. Er war nun rosa und
nicht mehr weiß. „So kann ich nicht nach Hause
gehen." jammerte die Frau und Sofie verdrehte
die Augen. Hatte sie eigentlich bewirken wollen,
dass die Frau schnell verschwand, so hatte sie ihr
nun eine Gelegenheit verschafft, hier zu bleiben.
Das war also vollkommen schief gegangen. Aber
zumindest war der Teddy nun reif für die Müll-
tonne.

Da stand sie nun zwischen den beiden Er-wachsenen. Der eine kniete vor ihr und die andere schimpfte über das verdorbene Kleidungsstück. Der Vater stand auf und sagte „Ich bringe dich heim!" woraufhin Sofie sagte „Und was ist mit mir?" „Wir reden noch, junges Fräulein!" sagte der Vater und sein Blick ließ nichts Gutes vermu-ten. Er schob sie in das Kinderzimmer und drück-te sie in ihr Bett. „Schlaf jetzt. Ich bringe Susi heim. Dann reden wir!" sagte er drohend. Dann war er aus dem Zimmer.

Wenig später ging die Haustür und das Auto fuhr ab. Zumindest hatte sie nun doch noch er-reicht, dass Susi das Haus verlassen hatte. Der Vater würde sicher nicht lange fortbleiben. Schnell löschte sie das Licht. Gab dem Bild einen Kuss und stellte es zurück. Dann drehte sie sich zur Wand und versuchte zu schlafen. Aber das ging nicht wirklich. Der kleine Kater fehlte ihr einfach zu sehr.

Schließlich hörte sie das Auto wieder vor dem Haus. Der Vater musste sich sehr beeilt haben, wenn er jetzt schon wieder da war. Zum Schutz zog sie sich die Decke weit hoch und tat so, als ob sie schlief. Dann merkte sie, dass er den Raum betrat, doch er ging wieder und es war Stille im Hause.

Das kleine Mädchen lauschte nach draußen. Es war viel zu still. Früher war das anders gewesen. Sofie drehte sich zu dem Bild und zog es in ihr Bett. Wenn der Kater schon nicht da war, dann wenigstens sein Bild.

3. Kapitel

Katzenjammer

Der kleine Kater hatte sich heftig gewehrt. Nun hatte Karo ein paar Pflaster auf ihren Armen, aber das Tier war jetzt sauber und trocken. In ein Handtuch eingewickelt lag der kleine graue Geselle auf dem Sofa und das wiederum schien ihm so gut zu gefallen, dass er schnurrte. Jetzt blieb die Frage zu klären, wo der kleine Kerl wohl herkam. Der Computer war noch offen und Karo schloss die Suchanfrage ihres Urlaubszieles erst einmal, um eine Anfrage nach dem Katerchen einzugeben. „Vielleicht wirst du ja vermisst und dich sucht schon jemand." sagte sie und sah die örtlichen Anfragen durch. „Kater entlaufen." stand ganz oben, aber das Bild passte nicht zu dem schnurrenden Stubentiger auf ihrem Sofa. Immer weiter näherte sie sich dem Listenende, aber da war kein Bild, was auch nur annähernd dem Tier entsprach. Karos Magen begann zu knurren. Den ganzen Tag hatte sie noch nichts gegessen, der Kummer, der jetzt gerade fern war, hatte sie nichts essen lassen.

Der kleine Kater hatte sie wieder auf den Boden zurück gebracht und die Sorge um das Tier hatte sie ihren eigenen Kummer vorerst vergessen lassen. Der Kater sah zu ihr auf und sie fragte ihn „Hast du auch Hunger?" und es schien ihr, als ob das Tier ihr zunickte. Die großen Augen waren so durchdringend, das sie dem Blick gar nicht wiederstehen konnte. So große Augen kannte sie nur aus dem Zeichentrickfilm „Der gestiefelte Kater" den sie früher immer und immer wieder hatte sehen müssen.

„Na da schaue ich mal, was ich für dich finde." sagte Karo und stand auf. Schließlich war es Sonntagabend und da war sicherlich nirgendwo mehr Katzenfutter beschaffbar. Sie ging zum Kühlschrank und schaute hinein. „Möchtest du Fisch oder Geflügel?" fragte sie laut und erwartete eigentlich die Stimme von Antonio Banderas zu hören, der ihr mit einem spanischen Akzent irgendwas wie „Signorina, ich möchte einen Fisch." in ihr Ohr säuselte. Aber das war wohl nur im Märchen so. Der Lachs hatte sicher Gräten und die waren für den kleinen Kerl zu gefährlich. Also nahm sie ein Stück Putenbrust und stellte es zum Erwärmen auf den Herd. „Bleibt der Fisch für mich und dann suchen wir weiter." erzählte Karo in der Küche, als sie ein leises „Miau" hinter sich hörte. Der kleine Kerl hatte sich aus der Decke gewickelt und war ihr gefolgt. Jetzt saß er hinter ihr und sah sie so umwerfend an, dass sie ihn wieder hochnehmen musste. „Und wenn wir dein Herrchen nicht finden, dann bleibst du halt bei mir." sagte Karo und hielt das graue Fellbündel ganz fest an sich gedrückt. Der Kater schnurrte vor sich hin und vertrieb nun auch den letzten noch verbliebenen Rest des Kummers aus Karos Herzen. „Das ist die beste Therapie!" sagte sie laut und dachte wieder an Hexi, die ihr früher auch immer jeden Kummer sofort vertrieben hatte.

Mittlerweile war das Fleisch warm genug. Daher setzte sie das Tier auf den Boden, suchte zwei kleine Schüsseln heraus und schnitt das Fleisch in kleine Würfel, die sie in die eine Schüssel gab. In die Zweite füllte sie Wasser und stellte dann Beide vor den kleinen Kater. Wie ein ausgehungerter Tiger stürzte sich das Tier auf das Fleisch. „Na du hast wohl schon lange nichts mehr gegessen?" wunderte sich Karo. Also musste es ein entlaufenes Tier sein, eine freilaufende Katze hätte selbst in dieser Jahreszeit wohl noch ein paar Mäuse aufstöbern können. Dann nahm sie sich den Teller mit dem Fisch und aß ihn, während sie auf das Tier schaute, dass die zum Napf umfunktionierte Schüssel leerschleckte. Wieder sah der Kater zu ihr hoch und schien sie mit seinen Augen zu hypnotisieren „Mehr!" sagte dieser Blick. Aber das Fleisch war alle. Nur noch etwas Wurst war im Kühlschrank. Karo stellte den Teller zur Seite und zerteilte zwei Wurstscheiben. „Das ist nun aber alles, was ich dir geben kann." sagte sie, während sie in der Küche kniete und dem putzigen Gesellen zuschaute, wie er sich das Mäulchen leckte. Danach ging er zum Wassernapf und Karo sah, das er humpelte. „Ach du Schreck." sagte sie und sah ihm weiter zu. „Sonntagabend und ein kranker Kater." dachte sie und überlegte, ob sie irgendwo einen Tiernotdienst kannte. Oder sollte sie am nächsten Morgen, da war ja dann normale Sprechstunde, mit dem Tier zum Tierarzt gehen?

Tapfer humpelte der kleine Kater aus der Küche und Karo folgte ihm einfach. Bis auf das Nachziehen der einen Pfote schien es ihm aber gut zu gehen. Er sprang sogar auf das Sofa hinauf und rollte sich auf dem Handtuch zusammen. Wieder begann er zu schnurren und sie setzte sich neben das Tier. Vorsichtig strich sie über sein Fell und vermied es, das verletzte Pfötchen zu berühren.

Dann sah sie zur Uhr. Mittlerweile war es schon fast 22:00 Uhr und da es offensichtlich kein Notfall war, verzichtete sie darauf, sich um einen Nachtdienst für das Tier zu bemühen. Die

Sorge um das Tier hatte die Sorge um sich selbst vollständig aus Karo vertrieben.

Warum hatte sie sich eigentlich nicht schon lange ein Tier zugelegt? „Weil ich bisher keines gebraucht habe!" stellte sie laut fest. Gerade heute, an diesem Tage, war nun dieser freundliche Besucher in ihr Leben getreten. So wie eine Botschaft aus lange vergessener Zeit. Als sie noch jeden Abend stundenlang mit ihrer Katze in ihrem Kinderzimmer geschmust hatte. Erneut kam der Katzenjammer zurück. Das kleine Engelchen hatte sie wieder an Siglinde und ihren Freund denken lassen. Doch da legte das Katerchen seine Pfote auf ihre Hand. Offensichtlich hatte er ihren Ärger bemerkt und versuchte sie zu trösten. „Was mache ich nun mit dir?" fragte Karo laut und dabei war doch eigentlich alles klar. Abermals dachte sie an die Suche nach dem Halter des Tieres, aber die hatte sicher auch bis zum nächsten Tag Zeit.

„Ein Klo habe ich aber nicht für dich." sagte Karo zweifelnd, ob es der Kater wohl bis zum nächsten Morgen aushielt. Dann ging sie sich waschen und der kleine Freund wartete, auf dem Sofa sitzend, auf ihre Rückkehr. Er ließ sich ohne Anstalten von ihr auf den Arm nehmen und mit ins Bett tragen. Für einen Moment kam der Katzenjammer zurück, weil sie die Beiden ja genau in diesem Bett am Tage zuvor erwischt hatte, doch das Schnurren des kleinen Katers holte sie sofort wieder dort heraus.

Zusammengekuschelt lagen sie im Bett. Keine drei Stunden zuvor war sie noch in Tränen zerflossen und nun war alles gut. Das monotone Geräusch des Katers wiegte sie in den Schlaf. Die Erinnerung an eine glückliche Kindheit vertrieb allen Kummer aus ihrem Herzen.

4. Kapitel

Nachtgedanken

D a saß er nun und schaute auf den kleinen Fleck vor dem Sofa. Auch noch Rotwein! Das würde nie wieder vollständig aus dem Teppich gehen! Was hatte Sofie nur dazu bewogen? Natürlich war es spät geworden. Später als sonst, aber so hatte sich das Mädchen noch nie verhalten. War sie etwa eifersüchtig geworden? Auf Susi? Ging etwa die Pubertät schon los? Gerade dann brauchte er eine Frau an seiner Seite, die für Sofie eine Freundin sein konnte. Die ihr helfen konnte, bei all den Fragen, die ein junges Mädchen so hatte und auf die ein Mann nur selten eine Antwort fand. Er seufzte und sah sich um. Seine Augen suchten das Bild seiner Frau und fanden es nicht.

Monate hatte er gebraucht, um über den Verlust der Partnerin hinweg zu kommen und das war der erste Abend mit Susi gewesen. Natürlich hatte er schon eine Weile gemerkt, wie die Frau auf Arbeit versucht hatte, mit ihm anzubandeln. Die Blicke und der Griff in ihr Haar, wenn sie mit ihm sprach, waren nicht zu übersehen gewesen. Aber er war noch nicht bereit gewesen. Bis zu diesem Abend. Da hätte etwas laufen können. Hätte! Ohne den Rotwein ganz sicher. Wieder seufzte er und holte das Bild aus dem Schubfach, wo er es immer ablegte, wenn Susi mal zu ihnen zu Besuch kam.

Wolfgang war gerade dreißig geworden. Er sah auf das Bild. Ruth war seine erste große Liebe gewesen. Seit dem Kindergarten kannten sie sich und nach der Lehre hatten sie geheiratet. Die Krankheit und der schnell folgende Tod seiner Frau hatten ihn vollkommen aus der Bahn geworfen. Nicht einmal um Sofie hatte er sich kümmern können, so groß war seine Trauer gewesen. Der kleine Kater hatte seine Arbeit einfach mit übernommen und seit dem Verschwinden des Tieres benahm sich das Mädchen so seltsam. Der Mann setzte sich auf das Sofa zurück und begann eine stille Zwiesprache mit seiner Frau. Wie sollte es weiter gehen? Das würde das erste Weihnachten ohne Ruth werden. War er zu schnell auf Susis Avancen eingegangen? Hätte er Sofie vorher dazu befragen sollen? Ruth hätte eine Antwort gehabt, aber das Bild blieb stumm. Keine Antwort! Nur seine eigene Entscheidung.

Gerade wegen Weihnachten hatte er gehofft, dass da eine Art von Mutterersatz für Sofie in

Susi zu finden war und natürlich eine neue Partnerin für ihn. Oder sollte er einfach über Sofie hinweg entscheiden? Konnte er das? Würde sich Sofie dann an Susi gewöhnen? Sicherlich! Oder nicht?

Zuerst musste er sich bei ihr entschuldigen, das hatte er in der Eile des Abschiedes ganz vergessen. Nur einen flüchtigen Kuss im Auto hatte es gegeben. Dann war die Frau, immer noch mit dem nassen Rock in der Hand, schnell in ihre Wohnung gelaufen. Er nahm das Telefon und wählte die Nummer von Susis Handy. Es piepte fünfmal, bis sich die Frau meldete. „Hallo." sagte sie und er antwortete „Es tut mir leid um deinen Rock. Sofie hat es nicht mit Absicht gemacht. Sie entschuldigt sich bei dir und wir laden dich für morgen Abend bei uns zum Essen ein."

Eigentlich log er damit, aber er wollte die Tochter schlafen lassen. „Schon gut. Kein Problem. Ich komme gern." sagte Susi und er hörte im Unterton, dass es wohl das beste Stück in Susis Schrank gewesen war, das nun sicher ein Putzlappen war. Der Wein würde da bestimmt auch nie mehr heraus gehen. Wieder ging sein Blick auf den Teppich vor seinen Füßen. „Ich kaufe dir einen neuen Rock. Morgen nach der Arbeit." sagte er noch zur Versöhnung „Danke dir. Gute Nacht." hörte er vom anderen Ende der Leitung, dann verlosch das Display. Offensichtlich war die Frau sauer, aber sie hatte zugesagt. Also blieb noch Hoffnung.

Hoffnung auf was? Dass sie das Malheur vergessen würde? Er würde mit ihr in einen der schicken Läden gehen. Das würde sicher ein teurer Spaß werden, aber er musste den kleinen „Unfall" aus der Welt schaffen, wenn er sich weiter mit Susi treffen wollte. Irgendwie war das schon komisch mit dieser Frau. Erst jetzt fiel ihm auf, dass sie schon lange ein Auge auf ihn geworfen hatte. Selbst als Ruth noch lebte. Dabei dachte er an die letzte Betriebsweihnachtsfeier zurück, wo Susi neben ihm gesessen hatte. Im Nachhinein machten ein paar Bemerkungen und Gesten der Frau einen Sinn. Ein Jahr zuvor hatte er es nur registriert und war aber nicht darauf eingegangen. Anschließend dachte er an den Versandleiter, der auf der Feier, obwohl er verheiratet war, mit der Sekretärin rumgeknutscht hatte. Die beiden waren sogar mal kurz verschwunden. Das Getuschel war in den folgenden Wochen groß gewesen.

Hatte es Susi damals schon auf ihn abgesehen gehabt? Gut möglich! Aber er war seiner Frau treu geblieben. Nicht einmal in Gedanken hatte er sie betrogen.

Wolfgang stellte das Bild zurück auf das kleine Schränkchen. Vielleicht wäre es besser gewesen, das erste Treffen bei Susi zu Hause zu haben, aber wer hätte dann auf Sofie aufgepasst? Hier hatte er niemanden, der die Tochter nach dem Schulhort beaufsichtigen konnte. Und tagsüber waren sie im Büro. Schreibtisch an Schreibtisch. Ständig waren die Kollegen anwesend und ein Blick würde für Gequatsche sorgen. Doch wovor hatte er da eigentlich Angst? Er war frei und sie auch. Alles geklärt? Nicht wirklich! Es kam ihm vor, als würde er nun seine Frau betrügen. Dabei war es doch schon mehr wie ein dreiviertel Jahr her. In ein paar Tagen war dann wieder die Weihnachtsfeier. Genau genommen am nächsten Freitag. Da würden sie am Nachmittag alle den Besprechungssaal besetzen und das Catering würde ein leckeres Buffet aufbauen. Sicher wie letztes Jahr.

Sein Blick fiel auf das Adventsgesteck auf dem Tisch. Ruth hatte es noch geflochten. Die Erinnerungen an die verlorene Frau kamen zurück. Wieder seufzte er und stand auf. Dann löschte er das Licht und ging, auf Socken, durch den Flur. Noch einmal sah er nach Sofie, aber die schlief schon längst. Für einen Augenblick hörte er auf die Schlafgeräusche der Tochter, dann schloss er die Tür ganz leise. Anschließend ging er unter die Dusche und drehte das Wasser absichtlich kalt auf, um Susi aus dem Kopf zu bekommen. Schon am nächsten Morgen würde sie wieder neben ihm sitzen.

Als er sich in das Bett legte, dachte er an Ruth und auch an Susi. Eigentlich mochte er die hübsche, blonde Frau. Allerdings wusste er nicht, was sie an ihm fand. Schon lange machte er keinen Sport mehr und ein kleines Bäuchlein hatte er sich daher zugelegt. Wohlstandsspeck hatte er früher dazu gesagt. Sollte er wieder damit anfangen, sich zu bewegen? Vielleicht schon am nächsten Morgen?

Eine Runde um den Block joggen? So wie damals, in seiner Jugend? Er stellte den Wecker auf eine Stunde früher als sonst ein. Dann konnte er immer noch entscheiden. Es war schon der nächste Tag, als er endlich zur Ruhe kam.

Im Traum stand er zwischen Ruth und Susi. Jede versuchte ihn zu sich zu ziehen. Sofie stand direkt vor ihm. Wohin würde die Tochter wechseln und damit den Ausschlag geben? Da weckte Sofie ihn, als sie in sein Bett kam und sich an ihn kuschelte. Der Tochter konnte er gar nicht böse sein, selbst wenn er es gewollt hätte. Sie war alles, was ihm von Ruth noch geblieben war.

Wolfgang sah in ihr schlafendes Gesicht und dachte an Susi. In ein paar Minuten würde er sie wiedertreffen. Hatte er sich für sie entschieden? Eine Entscheidung zwischen einer großen Liebe und Susi? Konnte er das wirklich? Allerdings war seine Frau ja tot und würde nicht zu ihm zurückkommen. Liebevoll legte er seinen Arm um Sofie. Die Tochter würde eine Mutter brauchen!

5. Kapitel

Zwei Männer

Sie wachte auf und ihr Blick fiel auf den kleinen grauen Gesellen, der sich in ihren Arm gekuschelt hatte. Karo hatte ja Urlaub und nun auch jemanden zu betreuen. Zumindest vorübergehend, bis der Halter des Tieres ermittelt worden war. Aber zuerst musste sie mit dem Tier zum Tierarzt, so dass die Pfote behandelt werden konnte. Alles andere würde sich dann ergeben. Vorsichtig stand Karo auf, um das kleine Geschöpf nicht zu wecken. Es war gar nicht so einfach, ihren Arm unter ihm hervor zu ziehen. Kurz bevor sie es geschafft hätte, streckte sich der kleine Kater und gähnte ausgiebig. „Guten Morgen." sagte Karo zu ihm und ging dann erst mal unter die Dusche.

Als sie den Vorhang zur Seite schob, saß der Kater direkt vor der Dusche auf der Duschmatte. Es war gar nicht so einfach heraus zu treten, weil das Tier auch nicht einen Schritt zur Seite gehen wollte. Der kleine Kerl schien sie zu belagern und zu mustern. Karo kam es so vor, als ob es kein Zufall gewesen sein konnte, dass er am Abend zuvor in ihre Wohnung gekommen war. Warum

34

war er eigentlich auf dem Baum bis zu ihrer Wohnung herauf geklettert, wo doch im Erdgeschoss auch Fenster waren, an die er sich hätte setzen können? Nun überlegte sie im Abtrocknen, was sie dem kleinen Burschen eigentlich zu Fressen geben konnte. Die Wurst war ja alle und der Kühlschrank leer. Jetzt waren zwar die Läden wieder auf, aber sollte sie nicht erst mal mit ihm zum Tierarzt? Oder erst Futter und Katzenklo holen? Würde das Sinn machen, wenn er vielleicht schon in ein paar Stunden bei sich selbst zu Hause sein würde?

Noch vor dem ersten Kaffee war Karo in dem kleinen Geschäft an der Ecke gewesen und hatte zwei Dosen Katzenfutter gekauft. Während der Kaffee in die Tasse blubberte fraß der Kater ausgiebig die teure Speise auf. Die Verkäuferin hatte sie sehr seltsam angeschaut, als sie nur die beiden Dosen geholt hatte und sonst nichts. Zwar war der Kühlschrank immer noch leer, aber um ihr eigenes Essen konnte sie sich dann später immer noch Gedanken machen. Zuerst war der kleine Freund dran. „Wie bekomme ich dich denn zum Tierarzt?" fragte Karo laut und bei dem Wort „Tierarzt" zuckte der Kater zusammen. Das war wohl keine so gute Idee gewesen, ihn auch noch vorzuwarnen. Doch er blieb sitzen und leckte sich nur das Mäulchen. „Na fein." sagte Karo und stellte die leere Tasse auf den Küchentisch. Auf dem Weg zum Laden hatte sie das Schild einer Tierarztpraxis gesehen, dass ihr bisher nicht aufgefallen war. Aber bisher hatte sie ja auch keine Verwendung für einen Tierarzt gehabt. „Und wie bekomme ich dich da nur hin?" fragte sie wieder laut, denn einen Katzenkorb hatte sie ja noch nicht. Karo sah sich nach etwas geeigneten um, fand aber nichts. In einem Schuhkarton? Da hatte sie so einige im Schrank, aber das war wohl eher etwas für einen Igel, einen Hamster oder eine Maus, nicht für eine Katze

Die Frau zog sich ihren Mantel an und hob den Kater an. Dann packte sie sich das Tier einfach vorn in den zugeknöpften Mantel hinein, so dass nur sein Köpfchen noch heraus schaute. „Das geht!" sagte sie laut und setzte fragend hinzu „Bleibst du auch da drin?" Dabei dachte sie an die scharfen Krallen des Katers, mit denen er sich am Vorabend so heftig gegen das Waschen gewehrt hatte. Der Kater sah zu ihr hoch und sie nickte ihm zu. Zusammen machten sie sich auf den Weg und ihr Begleiter blieb ruhig. Nach ein paar Minuten waren sie in der Praxis, die zu diesem Zeitpunkt noch leer war. Nur die Schwester saß am Empfang und telefonierte. Geduldig wartete Karo das Ende des Gespräches ab. „Was kann ich für euch tun?" fragte die Frau und Karo erzählte von der Pfote des Katerchens. Die Frau nickte und wenig später führte sie Karo, die nun den Kater im Arm trug, in das Behandlungszimmer.

Ein junger, gutaussehender Arzt, sicher erst Mitte zwanzig, kam ihr entgegen und nahm ihr das Tier ab. Vorsichtig untersuchte er die Pfote und sagte dann „Nichts gebrochen. Nur verstaucht." er machte einen Verband fest und fragte „Wann war ihre letzte Tetanusimpfung?" dabei zeigte er auf die roten Streifen auf Karos Arm, die vom Waschversuch zurück geblieben waren. „Ich glaube im letzten Jahr." antwortete sie. Der Mann nickte und fragte, warum sie keinen Korb dabei hatte. „Er ist mir gestern Abend zugelaufen." „Ein Adventskater." sagte der Mann lächelnd. „Es ist eine Rassekatze. Manche Züchter setzen ihren Tieren einen Chip ein. So kann man dann den Besitzer schnell finden." setzte er hinzu und holte ein seltsames Gerät aus dem Schrank. Dann suchte er das Katerchen damit ab. „Gefunden!" sagte er, nachdem es gepiepst hatte und eine Nummer im Display des Gerätes aufleuchtete.

Der Arzt tippte die Nummer in seinen Computer und sagte „Willkommen Aramis von Rabenhorst." „Wer ist der Besitzer?" fragte Karo, aber der Mann schüttelte den Kopf. „Das steht da nicht. Nur der Züchter." er schrieb die Adresse auf den Zettel und nahm einen zweiten Zettel. Darauf schrieb er eine Telefonnummer. „Die Nummer des Züchters?" fragte Karo „Nein. Meine!" sagte er und lächelte sie an. Eigentlich war Karo ja erst mal von Männern geheilt, aber das Lächeln war so entwaffnend, dass sie den Zettel schmunzelnd entgegen nahm und in die Manteltasche steckte.

„Wenn sie wollen, so kann ich ihnen eine Transportbox borgen." sagte der Arzt, doch Karo schüttelte den Kopf. Daraufhin streckte sie sich den Kater in den Mantel und gab dem Mann die Hand. „Danke Herr Doktor." sagte sie „Bernd." antwortete er. „Karo. Eigentlich Karoline. Danke Bernd." antwortete sie und ging zum Tresen zurück. „Neunzehn Euro." sagte die Schwester, doch der Arzt schaute aus dem Zimmer ihr hinterher und sagte lachend „Gratis für die gute Tat!" Karo nickte ihm dankbar zu. Dann war sie wieder auf dem Weg nach Hause. Dort setzte sie das Tier auf eine Decke, die sie auf das Sofa legte. „Mach es dir gemütlich Aramis." sagte sie und zog die beiden Zettel aus der Tasche.

Den Zettel mit der Telefonnummer klemmte sie an die Kühlschranktür. „Wer weiß." sagte sie schmunzelnd. „Ich bin ja nun frei." Ein kleiner Katzenmann hatte sie zu einen anderen Mann geführt. „Aber nun muss ich los. Mach keinen Unfug!" rief Karo in die Stube und machte sich auf den Weg zum Tierladen. Aramis brauchte ja noch ein paar Sachen. Die Suche hatte sie im Moment schon wieder vergessen.

6. Kapitel

Ein Traum aus Seide

Das Jogging war natürlich ausgefallen. Er hatte den Wecker schon zuvor gestoppt und einfach eine Stunde lang Sofie beim Schlafen zugesehen. Dabei hatte er wieder die vertrauten Züge seiner Frau in Sofies Gesicht gesucht. Mit jedem Tag wurde die Tochter der Mutter immer ähnlicher. Oder kam ihm das nur so vor? Nun saß er im Büro und neben ihm saß Susi. Kein Wort hatte sie über den Abend verloren und auch keines zum folgenden Abend gesagt. Nur „Guten Morgen." wie immer. War sie noch sauer? Oder war das wegen der Kollegen? Wolfgang wartete auf die Mittagspause, da konnte man im allgemeinen Trubel des Aufbruchs schnell ein paar unbelauschte Worte wechseln. „Ich muss mal zum Kopierer!" sagte Susi und erhob sich mit einem Aktenordner. Für ihn hörte sich das an, als sagte sie „Wir treffen uns dort." er wartete ein paar Minuten, dann folgte er ihr.

Die Toiletten waren ja neben dem Kopiererraum und so konnte er auch sagen, dass er dorthin unterwegs war. Kaum war er auf dem Flur sprach ihn der Chef an und lobte ihn für die gute Arbeit, aber eigentlich hatte er keine Zeit dafür. Er zeigte auf die Toilettentür und machte einen gequälten Gesichtsausdruck. Der Chef lächelte und nickte verstehend. Schnell ging Wolfgang auf die Tür zu, griff aber eine Tür zu früh zur Klinke. Noch einmal sah er sich um, bevor er die Tür öffnete, im Flur war niemand mehr zu sehen.

Als er in den halbdunklen Raum getreten war schob er die Tür hinter sich zu. Susi hatte sich über den Kopierer gebeugt und schien etwas zu reparieren. Alle Klappen des Gerätes standen offen. „Warte. Ich helfe dir." sagte Wolfgang und ging schnell zu der Frau, doch er erhielt nur ein Lächeln und einen Kuss. „Keine Sorge. Ich bin keine echte Blondine." sagte Susi leise und klappte den Papierschacht zu. Das Gerät begann zu brummen und spukte Blatt für Blatt aus. „Bleibt es bei heute Abend?" fragte er „Ja. Und bei dem Treffen nach der Arbeit auch." antwortete sie fordernd „Es tut mir leid um deinen Rock." entgegnete er und Susi stützte sich rückwärts gegen den Kopierer. „Ich hätte ja auch Hosen anziehen können." sagte sie mit einem frechen Lächeln. „So wie jetzt?" fragte er zurück und sie legte den Kopf schief. Dann strich sie sich mit den Fingern über die Jeans.

„Ich muss wieder zurück. Nicht dass mich noch jemand vermisst." sagte Wolfgang, denn er wollte sich aus dieser verfänglichen Unterhaltung über weibliche Kleidung und die Vorzüge von Röcken oder Hosen zurückziehen. Wieder lächelte die Frau und gab ihm einen Kuss. „Moment." sagte sie noch, zog ein Taschentuch aus der Hosentasche und wischte eine Spur von Lippenstift von seinen Lippen. „Nicht dass noch Fragen kommen." setzte sie schelmisch hinzu und Wolfgang ging zurück in das Büro. Wieder war keiner im Flur, der hätte sehen können, dass er aus der falschen Tür kam.

Ein paar Minuten später kam Susi zurück. Kühl und ohne einen Blick setzte sie sich neben ihn. Das war eine ganz andere Frau, als die gerade am Kopierer. Er staunte, wie sie sich verstellen konnte. Den Rest des Tages arbeiteten sie konzentriert nebeneinander her. Nicht ein Blick tauschten sie miteinander aus. Ihnen gegenüber saß Frau Mayer und die war das größte Tratschmaul der ganzen Firma. Auch wenn es niemanden wehgetan hätte, musste ja nicht die ganze Firma wissen, was hätte am Kopierer passieren können. Die Zeit hätte sicher gereicht. Endlich standen die Zeiger am großen Ziffernblatt am anderen Ende des Büros auf 17:00 Uhr. Feierabend!

Noch eine Stunde, bis Sofie zu Hause sein würde und noch eine Stunde für das Shopping. Eigentlich hatte er das noch nie gemocht und auch diesmal hätte er sich lieber davor gedrückt, aber als Wiedergutmachung musste es eben sein. Sie verließen das Büro getrennt und trafen sich vor dem Firmengelände. Zu zweit machten sie sich auf den Weg. Offensichtlich kannte Susi sich bestens aus, denn sie steuerte zielsicher einen der Läden an. Eine Reihe von Markenschildern sprach für einen Nobelladen und der Fehler der Tochter würde ihn nun teuer zu stehen kommen. Sehr teuer, wie er beim Blick auf die ersten Preisschilder feststellen musste.

Mit zwei Röcken in der Hand verschwand Susi kurz darauf in der Kabine. Folgsam wartete er davor und rechnete die Stunden zusammen, die er für jeden dieser beiden Röcke arbeiten musste. Es kam fast eine Woche Arbeitszeit heraus. Oder auch ein Viertel des Monatslohnes. Drin raschelte es und dann schob Susi den Vorhang zur Seite „Was meinst du?" fragte sie und er bekam nur ein „Schick!" heraus. „Männer!" sagte Susi und rollte mit den Augen, dann war der Vorhang wieder zu und öffnete sich wenig später wieder „Und?" fragte sie „Auch sehr Schick, aber etwas zu klein." „Das ist derselbe Rock!" sagte Susi und stöhnte wieder ihr „Männer!". Schon war der Vorhang wieder zu.

Es raschelte laut in der Kabine. „Nun aber wirklich der andere!" hörte er sie von drinnen sagen, dann öffnete sich der Vorhang erneut. „Wirklich der andere?" fragte er verunsichert, denn da glich ein Rock dem anderen. „Na klar!" sagte Susi und nahm den anderen Rock und hielt ihn daneben. Wolfgang sah zwischen den beiden Stücken hin und her. Wo war der Unterschied? Offensichtlich sah Susi sein Dilemma und nannte die beiden Marken, die ihm aber nichts sagten. Wieder dachte er daran, dass die Kleiderfragen in ein paar Jahren mit Sofie auf ihn zukamen. Oder eben auf Susi, falls das mit dem Rock noch etwas werden würde.

„Welchen soll ich wählen?" fragte die Frau und Wolfgang sagte spontan „Den da!" dabei zeigte auf den ersten. „Sicher?" fragte Susi zweifelnd. Er nickte nur und schließlich sagte sie „Na gut. Es ist ja dein Geld." Wolfgang zweifelte für einen Moment und fragte sich, was Susi wohl damit meinte, bis er begriff, dass er das Etikett falsch herum gelesen hatte. Da stand keine sechs am Anfang, sondern eine neun. Aber nun blieb er bei seiner Meinung und dachte schon daran, wo er demnächst sparen konnte.

Der Vorhang schloss sich und kurze Zeit später fragte Susi von drinnen „Kannst du mir mal schnell helfen?" Wolfgang schlug den Vorhang zur Seite, trat ein und wurde mit einem Kuss in Empfang genommen. Susi hatte den Rock schon aus und stand in Slip, Strümpfen und Oberteil vor ihm „Danke dir." sagte sie noch einmal. Noch ein langer Kuss folgte, wobei sie sich eng an ihn drückte. Zu eng, wie er leidvoll feststellen musste.

Lächelnd ging die Frau wieder auf Abstand und zog sich weiter an. Wolfgang konnte erst nach ihr die Kabine verlassen und Susi wartete schon an der Kasse auf ihn. Mit einem Lächeln bezahlte er die geforderte Summe und zusammen verließen sie das Geschäft wieder. „Wir sehen uns dann?" fragte er sie vor dem Laden und die Frau nickte ihm, mit der Tüte in der Hand, zu.

7. Kapitel

Spurensuche

Ein seltsames Piepsen machte Karo wach, so dass sie zuerst den Rauchmelder im Verdacht hatte, doch als sie die Augen aufschlug sah sie Bernd neben sich im Bett liegen und sein Handy auf dem Nachttisch machte dieses widerliche Geräusch. Hatten sie etwa? Sie sah an sich herunter, war aber noch vollständig angezogen. So wie auch der Mann, der angekleidet neben ihr im Bett lag und endlich die Weckfunktion deaktivierte. Der kleine Kater lag schnarchend zwischen ihnen. Langsam fiel Karo der letzte Abend wieder ein. Da hatte sie stundenlang versucht, den Züchter zu erreichen und dann einfach bei Bernd angerufen. Wenig später war der Mann bei ihr erschienen. Danach hatten sie den ganzen Abend gequatscht und waren dann vermutlich einfach hier eingeschlafen. Doch sie konnte sich nicht erinnern, dass sie in das Bett gegangen war. Seltsam. „Guten Morgen." sagte der Mann und Karo antwortete ihm. „Möchtest du einen Kaffee?" fragte sie danach zurück und der Mann setzte sich im Bett auf.

„Ja. Klar." antwortete er und strich sich durch seine verwirbelten Haare. Wie mochte sie wohl aussehen, wenn schon seine kurzen Haare so durcheinander waren? Karo strich sich schnell die schwarze Mähne glatt und stand auf. Nun streckte sich auch der Kater „Na? Auch schon wach?" fragte sie das Fellknäul, während sich der Mann die Pfote des Stubentigers noch einmal ansah.

Wie zwei gute Kumpel hatten sie sich am Abend unterhalten. Ihr Bedarf an Männern war ja auch erst mal durch den untreuen Freund befriedigt gewesen. Auf Socken ging sie in die Küche und kam am Spiegel im Flur vorbei. Fast wäre sie erschrocken. So hätte er sie sicher nicht angefasst, selbst wenn sie die letzte Frau auf Erden gewesen wäre. Die ganze Kleidung war durch das Liegen verrutscht und die Haare waren, wie befürchtet, vollkommen durcheinander. Karo rannte in die Küche, drückte auf den Knopf der Kaffeemaschine und lief zum Bad zurück. In der Zeit, die der Kaffee für den Weg in die Tassen gebraucht hatte, hatte sie ihre Haare mit einem Band zum Pferdeschwanz gezogen und die Sachen gerichtet.

„Kann ich dein Bad benutzen?" fragte Bernd, als sie wieder heraus kam und sie gab den Weg

für ihn frei. Dann begann sie mit der Frühstücks-
vorbereitung und wartete. In ihrem Kopf hatte sie
immer noch die Frage, wie sie wohl in das Bett
gekommen war. Der Mann musste sie dorthin
getragen haben! Sie sah auf die Uhr. Irgendwie
dauerte es ihr zu lange und so ging sie zurück
zum Bad. Vielleicht brauchte er ja noch etwas.
Unterwegs holte sie ein zusätzliches Handtuch
aus dem Schrank und ging zur Badtür. Dort
klopfte sie und er rief „Herein." doch als sie die
Tür öffnete, trocknete er sich gerade vor ihr ab.
„Oh! Entschuldigung." sagte sie und fragte
schnell „Brauchst du noch etwas?" der Mann
schüttelte den Kopf und Karo ging wieder, bevor
sie einen roten Kopf bekam. Gut gebaut war er ja.
Sicher ging er oft in ein Fitnessstudio.

Nur schwer bekam sie dieses Bild wieder aus
dem Kopf. Warum hatte er eigentlich „Herein."
gerufen und nicht „Moment."? Dann hätte sie
gewartet und wäre nicht so einfach in das Bad
geplatzt. Bernd kam in die Küche und Karo sagte
schnell noch einmal „Entschuldigung." Doch er
winkte nur ab und nahm seine Tasse. Sie vermied
es, ihn anzublicken und erzählte nur „Ich werde
heute weiter versuchen, den Züchter zu erreichen." „Meldest du dich, wenn du was erfahren
hast?" fragte Bernd und die Frau sagte ihm dies
kurz zu. „Ich muss dann mal in meine Praxis."

sagte er schließlich und blieb doch unschlüssig stehen. Was sollte das? Worauf wartete er? Irgendwie kam in ihr ein komisches Gefühl auf. Hatte er sie vorhin in das Bad locken wollen? Nur warum? Nun sahen sie sich kurz in die Augen, aber Karo schaute schnell zur Seite. Im Moment war ihr gerade nicht nach einem neuen Mann. Sie stellte die Tasse ab und holte den Schlüssel von der Kommode im Flur. Dann wartete sie an der Tür auf ihn. Ein kurzer Kuss auf ihre Wange von ihm und dann war er weg.

Karo schloss ab und ging zurück in das Bad. Der Mann hatte nur kurz aufgeräumt und auch irgendwie ihr Duschgel benutzt, was sie aber nicht an ihm gerochen hatte. Vielleicht war er vorsichtig genug gewesen, denn der Fruchtduft war ziemlich stark. Allerdings konnte sie deutlich riechen, dass er es benutzt hatte. Kurz darauf stand sie selbst unter der Dusche. Beim Aussteigen stand wieder der kleine Kater vor der Dusche. „Du verfolgst mich wohl?" fragte sie lachend, aber sie hatte ja selbst die Tür offen gelassen. Dann fiel ihr ein, dass sie ja seinen Napf noch nicht gefüllt hatte. Im Bademantel, mit einem Handtuch um den Kopf gebunden, lief sie zurück zur Küche und füllte den Napf.

Auf dem Rückweg zum Bad kam ihr der Kater entgegen. Er humpelte jetzt etwas weniger. Der Verband schien zu helfen. Ein paar Minuten später saß sie mit einem Kaffee in der einen und dem Telefon in der anderen Hand auf dem Sofa. Erneut wählte sie die Nummer, die sie aus dem Computer hatte. Auf der Seite der Züchter im Internet tanzte eine kleine Katze mit einer roten Weihnachtsmannmütze über den Bildschirm. Diese trug ein Schild mit der Aufschrift „Betriebsferien" aber konnte ein Katzenzüchter denn einfach so in den Winterurlaub fahren? Nach dem fünften Versuch meldete sich endlich eine Frau und sagte nur „Wir haben aber im Moment noch keine Kitten abzugeben!" „Danke, aber darum geht es gar nicht." antwortete Karo schnell, bevor die Frau auflegen konnte, und erzählte von dem kleinen Kater.

„Kommen sie doch einfach vorbei." sagte die Frau und Karo legte auf. Aramis kam satt zu ihr an das Sofa. „Ich fahre dann mal los und versuche deinen Menschen zu finden. Mache mal keinen Unfug." belehrte Karo den kleinen Kerl. Der Kater sprang auf das Sofa und sah sie so an, als wolle er sagen „Unfug? Ich doch nicht!" Dann nahm sie ihre Jacke und den Autoschlüssel. Ein paar Minuten später war sie unterwegs. Es war gar nicht so weit und nach nicht mal einer halben

Stunde war sie vor dem Haus am anderen Ende der Stadt. Die Frau hatte sie offensichtlich schon erwartet, denn sie öffnete schon die Tür, nachdem Karo vor dem Hause gehalten hatte und fragte sofort „Haben sie ihn mit?" „Nein. Aber ein Bild von ihm habe ich." antwortete Karo und zog ihr Handy heraus.

Sie suchte das schönste Bild und zeigte es der Frau. Die ältere Dame nickte und gab den Weg in die Stube frei. Eine größere Katze kreuzte ihren Weg und die Frau sagte „Das ist die Mutter von Aramis." „Na du?" fragte Karo und kraulte der Katze die Ohren. Dann saßen sie zu Dritt auf dem Sofa.

Die Frau klappte einen Ordner auf und suchte darin. „Den Aramis habe ich vor drei Jahren ab-gegeben. Das war auch kurz vor Weihnachten und ich war schon besorgt. Wissen sie, manche Leute denken, ein Kätzchen ist ein tolles Weih-nachtsgeschenk. Danach stellen sie dann fest, dass das ganz schön viel Arbeit macht und Auf-merksamkeit braucht. Anschließend landen die Tiere meist im Tierheim. Darum hatte ich extra eine Rücktrittsklausel drin, dass ich ihn im Not-fall wieder zurück nehme." sagte die Frau. „Wer hat ihn denn nun bekommen?" fragte Karo aufgeregt und die Frau zog den Bogen heraus. „Eine Familie Folhauser. Vater, Mutter und eine reizende Tochter. Da kann ich mich noch genau daran erinnern. Die Kleine hat sich kaum wieder ein bekommen, als sie das Tier bei mir abgeholt hatten." erzählte die Züchterin „Und wo wohnen die nun?" fragte Karo weiter.

„Hier in der Stadt. Da steht die Adresse." setzte die Frau dazu und zeigte den Vertrag. Karo stutzte „Aber da wohne ich doch. Eine Familie Folhauser gibt es da aber nicht." sagte sie, als sie sich kurz das Klingelschild vom Hauseingang in ihre Erinnerung zurück gerufen hatte. „Dann sind die vielleicht umgezogen und das Tier ist zur alten Wohnung zurückgekommen." erklärte die erfahrene Züchterin. Karo nickte, dann tranken sie Kaffee. Sie hatte eine erste Spur!

8. Kapitel

Traumfrauen und Frauenträume

Das Abendessen war perfekt abgelaufen. Aber vermutlich nur, weil er die Tochter zuvor noch einmal zur Höflichkeit ermahnt hatte. Das Mädchen hatte sich vorbildlich verhalten und sogar beim Abräumen des Tisches geholfen. Susi hatte aber einen anderen Rock angezogen. Vermutlich aus Vorsicht trug sie einen aus bunt gemusterten Stoff und ein ziemlich enges Oberteil. Danach waren sie einfach am Küchentisch sitzen geblieben und Sofie war auf ihr Zimmer gegangen. Sie hatten den Tisch zwischen sich und Wolfgang fragte sich schon, ob es wohl bei den Gesprächen bleiben würde. Statt Rotwein gab es einen leckeren Früchtetee. Weiter unterhielten sie sich dort über alles Mögliche. Kollegen, Arbeit, die kommende Weihnachtsfeier und zum Schluss auch über sich.

Wie gute Freunde redeten sie miteinander, nicht wie Mann und Frau. Dann kam Sofie im Schlafanzug an den Tisch und wünschte ihnen eine gute Nacht. Wolfgang war einigermaßen erstaunt, bekam er die Tochter doch sonst kaum in ihr Bett und nun dies? War das noch das schlechte Gewissen des Vortages? Wer konnte das schon wissen. Er hoffte auf einen ruhigen Abend. „Sollen wir wieder auf das Sofa wechseln?" fragte Susi und nahm schon die Tasse vom Tisch. „Warum nicht!" antwortete Wolfgang und erhob sich. Dann gingen sie in die Stube und Susi kuschelte sich eng an ihn heran. Nach ein paar Minuten erschien Sofie und zerstörte seine Illusion. Mit dem obligatorischen Satz „Ich habe Durst!" meldete sie sich zurück. Da die Tochter wieder ein Wurfgeschoß bei sich hatte, diesmal in Form einer Puppe, reagierte er sofort und ging mit ihr in die Küche zurück.

Das Glas Wasser war genauso schnell aufgefüllt wie ausgetrunken. Sollte das so weiter gehen? Er zeigte wortlos auf die offen stehende Tür des Kinderzimmers und Sofie verschwand darin. Dann saß er wieder auf dem Sofa und redete weiter mit Susi. Ihre Hand schob sich auf sein Knie, aber bevor er darauf reagieren konnte, stand Sofie erneut in der Tür und sagte „Ich kann nicht schlafen!" diesmal ging Susi mit ihr mit, auch wenn er am Gesichtsausdruck der Tochter gesehen hatte, dass sie wohl lieber von ihm gebracht worden wäre. Er lehnte sich zurück und wartete. Erst eine halbe Stunde später kam die Frau zurück. „Liest du ihr wirklich immer das ganz Buch vor?" fragte sie, aber Wolfgang antwortet ihr genervt „Nein.

Eigentlich immer nur eine Geschichte. Etwa drei Seiten, nicht alle dreißig." Susi nickte verstehend, Sofie hatte sie offensichtlich ausgetrickst.

„Der Abend hat so schön angefangen." sagte Susi „Aber wenn wir hier bleiben, so endet der eher unschön." setzte Wolfgang dazu. Er kannte seine Tochter nur zu gut. Das würde Stundenlang so weiter gehen. „Und nun?" fragte Susi und legte wieder die Hand auf sein Knie. Sie hatte einen Blick, dem wohl kein Mann wiederstehen konnte. Und er wollte es auch nicht. „Schlafzimmer?" fragte er nur und Susi lächelte ihn an. Noch bevor sich die Tür des Kinderzimmers wieder öffnen konnte, waren sie schon im Schlafzimmer verschwunden und er verschloss wohlwissentlich die Tür hinter sich.

Es folgte ein langer Kuss. Wenig später hatte Susi den Rock schon ausgezogen, ohne sich aus dem Kuss zu lösen. Auch das Oberteil folgte, aber dafür ging es nicht anders, als dass sie einen Augenblick innehielten. Dann öffnete sie die Knöpfe seines Hemdes, während er immer noch nur dort stand. Als dann seine Hose fiel wechselten seine Hände zum Verschluss ihres BHs und wurden tätig. Umständlich öffnete er die drei Haken, die das dünne Stück Stoff oben hielten, dann befreite er zwei wohlgeformte Halbkugeln aus ihrer Behausung.

Susi war wirklich gut gebaut, dass musste er anerkennend eingestehen. Bisher hatte er sie nur angezogen gesehen und in der Kabine ohne Rock, aber so, nur im Slip, machte sie eine gute Figur. Eigentlich eine Traumfrau. „Warum nur Eigentlich?" rauschte es durch seinen Kopf, bevor die Hormone die Steuerung übernahmen und er zu keinem Gedanken mehr fähig war. Seine Finger erkundeten den schlanken Körper, der sich ihm entgegendrückte, dann zog sie ihn hinter sich her. Zwei Schritte noch bis zum breiten Bett. Ein letzter Griff von Susi durch ihr Haar, dann lies sie sich fallen und zog ihn hinter sich her.

Wolfgangs Hände glitten über ihren Bauch und näherten sich dem Saum ihres Slips. Erwartungsvoll hob sie ihren Hintern, damit es ihm leichter fiel, ihr das Stoffstück vom Körper zu ziehen, als ihn die Realität wieder einholte. Mit einem Schlag war alles vorbei. „Der Schuss war nach hinten losgegangen." dachte er ernüchtert und murmelte nur „Zu lange keine Frau mehr gehabt!" dann drehte er sich um und setzte sich auf die Kante des Bettes, mit dem Rücken zu ihr.

Der Mann spürte, wie sie sich an ihn an-
schmiegte und leise sagte „Das kann doch jedem
Mal passieren." Es sollte ein Trost sein, aber ihm
war im Moment nicht nach Trost zumute. Susi
wartete noch ein paar Minuten, aber da nichts
mehr passierte, zog sie sich langsam wieder an.
Sie gab ihm einen Kuss und verließ das Zimmer.
Wenig später hörte er die Haustür in das Schloss
fallen. „So eine Blamage." murmelte er nur und
stand auf. Dann ging er in das Bad, um die Spuren zu beseitigen. Dabei vermied er es, am Zimmer von Sofie vorbei zu gehen, deren Tür einen
Spalt weit offen stand.

Er duschte kalt, obwohl das nun nicht mehr
nötig gewesen wäre. Warum war das nur passiert? War es wirklich nur die lange Zeit der Abs-
tinenz gewesen? Wieder dachte er an Susi. Die
Frau hatte wirklich einen traumhaften Körper.
Und sie wollte ihn! Warum hatte es dann nicht
geklappt? Das war ihm nicht mal als Jugendli-
chem passiert. Dabei fiel ihm ein, dass er bisher
nur Ruth gehabt hatte. Sie war seine erste und
bisher einzige Frau gewesen. Mit keiner sonst
hatte er etwas gehabt. Während er sich abtrockne-
te, dachte er an die beiden Frauen und verglich
sie wieder miteinander.

Ruth hatte etwas Kumpelhaftes gehabt. Na klar! Sie kannten sich ihr ganzes Leben lang! Susi war da ganz anders. Fraulich, gut gebaut und offensichtlich scharf auf ihn. Warum nur? Sie konnte doch sicher jeden haben, mit dem Körper! Im Schlafanzug ging er leise über den Flur. Sofie hatte noch Licht in ihrem Zimmer an, aber als er hinein ging, schlief sie schon in ihrem Bett. Das Mädchen hatte das Bild im Arm. Das Foto vom letzten Jahr, als sie noch eine komplette Familie gewesen waren.

Was würde das kommende Weihnachtsfest bringen? Freude? Kummer? Er zog ihr das Bild aus der Hand und stellte es auf die Kommode, dann gab er ihr einen Kuss auf die Stirn und löschte das Licht. Anschließend ging er selbst in sein Bett. Es roch noch nach Susis Parfüm und so hatte er wenigstens den Duft der Frau bei sich. Damit schlich sie sich in seinen Traum, doch auch Ruth war dort. Wieder stand er zwischen den beiden Frauen. Was tun?

9. Kapitel

Ohne Zweifel?

Seit Montag war sie nun auf der Suche nach der Familie Folhauser. Zuerst hatte sie im Hause herum gefragt, aber an diese Familie konnte sich keiner erinnern. Dann hatte sie, zusammen mit Bernd, an dessen freien Tag, das Bürgeramt aufgesucht. Jetzt in der Weihnachtszeit war es aber ziemlich kompliziert gewesen, da überhaupt jemanden zu finden, der etwas wusste und dann auch noch Lust hatte, ihre Fragen zu beantworten. Allerdings war sie dann, mit dem Verweis auf den Schutz der Personendaten, unverrichteter Dinge wieder abgezogen. Das Schicksal des kleinen Katers interessierte das Amt wahrscheinlich weniger, als der Schutz eines imaginären Rechtes. Dann hatte sie im Telefonbuch nachgeschaut und den Namen fünf Mal gefunden. Aber beim Abtelefonieren, das auch wieder einen Tag gedauert hatte, war sie auf keine Familie gestoßen, die einen kleinen Kater suchte.

Es konnte doch nicht so schwierig sein! In diesem Haus gab es nur fünf Etagen. Zehn Wohnungen, zehn Haushalte. Oben waren Studenten in eine WG gezogen, aber die Züchterin hatte ja gesagt, dass es eine Familie gewesen war. Also blieben nur acht Wohnungen übrig. Niemand konnte sich jedoch an diese Familie erinnern. So als wären sie spurlos verschwunden, oder es hätte sie nie gegeben. Hatte die Familie einen falschen Namen oder eine falsche Adresse angegeben? Aber wozu sollte das gut sein? Wenn die Familie auch noch die Stadt verlassen hatte, so konnte Karo im ganzen Land herum telefonieren.

Und was wäre, wenn es der Name der Frau gewesen war und sie danach geheiratet hatten? Dann konnte sie ewig suchen! Es war einfach zum Verzweifeln, aber diese Suche lenkte sie wenigstens von ihrem eigenen Elend ab, der sich kurz zurückgemeldet hatte. Ihr Ex-Freund hatte die Sachen aus dem Schnee geholt. Ohne sich noch einmal bei ihr zu entschuldigen, oder wenigstens den Versuch zu unternehmen, war er aus ihrem Leben verschwunden. Einfach so! Die Wut über den Schuft war übermächtig geworden. Vermutlich war er nun bei Siglinde! Allerdings war jeden Abend, sozusagen als Trost, Bernd pünktlich bei ihr gewesen und sie hatten über die Suche geredet. Doch da gab es ja nicht viel zu bereden.

Vier Tage erfolglose Suche, es war Freitagabend und sie hatte nichts in der Hand. Nur einen Namen. An diesem Abend brachte Bernd eine Flasche Wein mit. „Nur so." hatte er gesagt, aber das kam Karo etwas komisch vor. Das hatte er die ganzen Tage zuvor nicht gemacht. Bisher waren sie immer nur auf der Couch geblieben. Den kleinen Kater zwischen sich. Wie am ersten Abend hatten sie geredet und sogar dabei Ferngesehen. Auf Distanz, wie ein altes Ehepaar. Und nun der Wein! Bahnte sich da etwas an? Hatte sie irgendeine Wendung nicht mitbekommen? Es war noch keine Woche her, dass der Freund sie betrogen hatte. Das machte sie empfindlich für ganz besondere Untertöne, die sie in den Gesprächen auf einmal hörte. Ging es hier schon lange nicht mehr um das Tier? Was wollte Bernd wirklich? Und war sie schon bereit für eine neue Bindung? Andererseits ging es ja mit großen Schritten auf Weihnachten zu und da wollte sie auch nicht alleine feiern. Jedoch sich dann gleich dem nächstbesten Mann an den Hals zu werfen?

Sie dachte an den Morgen zurück, als sie ihn im Bad gesehen hatte. Hatte der Mann das da schon absichtlich gemacht? Warum sollte er dann aber so lange gewartet haben? Trotzdem machten sich Zweifel in ihr breit. Was war richtig? Was war falsch? Mit seinen Worten „Hast du mal Gläser?" riss er sie aus ihren Überlegungen und mit einem „Na klar." war sie auf dem Weg in die Küche. „Und einen Korkenzieher?" fragte er ihr hinterher. Karo kramte in der Schublade. Da musste noch einer sein. Eigentlich trank sie nur wenig und wenn, dann nur zu ganz besonderen Gelegenheiten. Schließlich fand sie ihn in der hintersten Ecke der Schublade. Schon ewig nicht mehr gebraucht. Seit dem Sommer nicht mehr. Genau seit diesem verdammten Heiratsantrag! Wieder stiegen die Zweifel in ihr hoch und sie schluckte sie wieder runter. Musste jeder Mann so sein? Sicher nicht! Hoffentlich nicht! Mit Gläsern und dem Öffner ging sie zurück. Seltsamerweise saß der Kater nun auf der anderen Seite von Bernd, so dass er nicht mehr zwischen ihnen hockte, wo die ganze Zeit sein Platz gewesen war. Und sie hätte schwören können, dass Aramis gerade eben noch auf der anderen Seite gesessen hatte.

Der Mann öffnete die Flasche und goss die beiden Gläser ein. Das Klingen der Weingläser ließ den kleinen Kater aufhorchen. Offensichtlich war dies ein vertrautes Geräusch für ihn. Was sagte das wohl über die Familie aus, in der er zu Hause war? Wie auf ein Startsignal hin sprang Aramis daraufhin von dem Sofa, ging in sein Körbchen und rollte sich dort zusammen. „Macht mal was ohne mich!" sollte das wohl heißen und es war seit fast einer Woche das erste Mal, dass er freiwillig den Platz geräumt hatte. Obwohl sie ja dadurch nun etwas mehr Platz auf dem Sofa hatten, setzte sich der Mann ganz zufällig näher an sie heran. Nach dem zweiten Glas berührten sich schon ihre Arme, so nahe saßen sie. Nach dem dritten rutschte seine Hand nach jedem Schluck ganz „zufällig" immer auf ihr Knie.

„Achtung Karo!" signalisierte eine leise Stimme in ihr, die aber durch den Wein nicht mehr so richtig zu Gehör kam. Dann war die Flasche leer und seine Lippen fanden die ihrigen. Auch ganz zufällig. Die innere Stimme schwieg und Karo ließ es zu. Als seine Hände den Saum ihres T-Shirts suchten, war die Stimme plötzlich wieder da. So laut, dass sie zurückzuckte. „Habe ich was falsch gemacht?" fragte er sie und Karo entgegnete „Das geht mir etwas zu schnell. Wir kennen uns doch erst ein paar Tage." „Mir ist, als ob ich dich schon mein ganzes Leben kennen würde." setzte der Mann hinzu und versuchte sie wieder zu küssen.

Den Kuss ließ sie zu. Inkonsequent wie sie war! Doch dann legte sie ihre Hand auf die seine. „Ich bin beschwipst." sagte Karo als Ausrede dafür, dass sie seine Hand von ihrem Knie wischte. Allerdings war der Abstand nicht groß genug, als dass sie sich ihm entziehen konnte. Wollte sie das überhaupt? Oder wollte sie nur Zeit gewinnen? Zeit wofür? War da noch der Zweifel in ihr? Oder nicht? Wann war sie das letzte Mal so richtig glücklich gewesen? War das erst eine Woche her? Oder schon länger?

Sie brachte die warnende Stimme in sich zum Schweigen und eine andere brach aus ihr heraus. „Hast du Gummis dabei?" hörte sie sich selbst fragen und als er das bejahte zog sie ihn hinter sich her. Der Zweifel war fort, jetzt wollte sie sich fallen lassen und glücklich sein. Der kleine Kater schnarchte in seinem Korb und sie schlossen die Schlafzimmertür hinter sich.

10. Kapitel

Zimtsterne und Schmiermittel

Fast eine Woche war ins Land gegangen, in der sie sich nur auf Arbeit gesehen hatten. Immer noch war ihm der Abend peinlich und dabei hatte doch weder er noch sie Schuld daran gehabt. Nun war es Freitag und damit war der Tag der Weihnachtsfeier im Betrieb gekommen. Frau Mayer hatte Teller mit Zimtsternen auf allen Tischen aufgestellt und als Susi dann kam, sagte er nur „Guten Morgen Frau Müller." Und wie jeden Tag antwortete sie „Guten Morgen Herr Folhauser" zwei Menschen, zwei Arbeitskollegen, weiter nichts. Bis Mittag musste gearbeitet werden und so hieß es, sich ranhalten, um alles zu schaffen, was sonst den ganzen Tag einnahm. Ein Duft von Weihnachten zog durch die Räume. Dabei fiel Wolfgang dann aber auch wieder ein, dass übermorgen schon der zweite Advent war und es mit riesengroßen Schritten auf Weihnachten zuging.

Ab dem Montag waren dann auch noch Schulferien und da würde sich Sofie zu Hause irgendwie beschäftigen müssen, denn er hatte noch drei Tage zu arbeiten, bevor er dann für den

Rest des Jahres Urlaub hatte. Nur was tun? Alleine zu zweit zuhause bleiben? Da würde ihnen beiden sicher die Decke auf den Kopf fallen. Er sah schon, wie sie weinend vor dem Bild sitzen würden. Im Gedanken an Ruth! Wenn er das irgendwie verhindern wollte, so musste er etwas unternehmen, so dass sie dann irgendwie von dem Schmerz abgelenkt werden würden. Konnte ihnen Susi da helfen? Schnell blickte er zu ihr hinüber. Ihm konnte sie sicher helfen. Aber Sofie?

Als er wieder auf seine Akte sah, bemerkte er den Blick von Frau Mayer. Die Augenbrauen hochgezogen reimte sie sich gerade etwas zusammen, was mit dem Blick zu Susi gemeint sein könnte. Daher fragte er schnell „Frau Müller, können sie mir bitte mal ihren Locher leihen?" „Aber sehr gern." kam die Antwort und das gewünschte Stück Büroausstattung wurde über den Tisch geschoben. Mit einem lauten Geräusch heftete er die letzten Blätter in den Ordner, klappte ihn zu und schob den Locher zurück. Sein Blick fiel auf die Uhr. Gerade noch rechtzeitig fertig geworden!

Wie jedes Jahr ertönten ein Gong auf dem Flur und danach das obligatorische Gebimmel des

Glöckchens, mit dem die Mitarbeiter in den großen Beratungsraum gebeten wurden. Eine Wanderung aus den Büros über den Flur setzte ein. In dem Raum hatten die Sekretärin und der Vertriebsleiter schon den Baum aufgestellt und geschmückt. Immer mehr füllte sich der Saal, bis nur noch der Chef fehlte. Schließlich kam auch er und hielt eine kleine Ansprache. Dabei lobte er den Einsatz der Mitarbeiter und verteilte danach Briefumschläge mit Schecks. Vorsichtig öffnete Wolfgang seinen Umschlag und war überrascht. Der Betrag war in diesem Jahr ganz ansehnlich ausgefallen und würde den Verlust durch den Rock in etwa wieder ausgleichen.

Damit war der offizielle Teil abgeschlossen und die Musik begann vom Radio leise in den Raum zu plätschern. Die Firma, die das Catering übernommen hatte, stellte Tische an den Rand und baute all die Leckereien auf, wegen derer man ja hier war. Überall wurde geredet, gelacht und mitgesungen. Bratengeruch mischte sich in den Tannenduft hinein. Daraufhin begannen sich die ersten Hungrigen auf das Buffet zu stürzen, schließlich war es ja auch schon weit nach dem Mittag.

Nach einer Weile des Anstehens standen Susi und Wolfgang vor dem Tisch und er überlegt, was er sich wohl auf den Teller legen wollte. Die Frau neben ihm entschied sich für etwas Salat, was wohl bei der Figur völlig normal war. Aber er war hier zur Weihnachtsfeier und da galt es zu schlemmen.

Ein Berg von Fleisch, ein paar Kroketten und ein bisschen Gemüse hatte er sich zusammengestellt, als er sich wieder neben sie an den Tisch setzte. In der Zeit, die er für das Füllen seines Tellers benötigt hatte, war Susi schon fertig und holte sich das nächste Gemüse. Fast mitleidig sah er auf die minimale Portion der Frau. Offensichtlich hatte sie seinen Blick gesehen, denn sie flüsterte ihm ins Ohr „Ich muss doch weiter in den neuen Rock passen." Dann zerlegte sie fachgerecht ein paar kleine Karotten in Gabelhappen.

Als er den Teller leergegessen hatte, sagte sie leise „Etwas Süßes zum Dessert?" und an ihrem Blick merkte er, dass sie wohl nichts zu essen meinte. Er blickte sich um, aber Frau Mayer war mit sich selbst beschäftigt, wie wohl die meisten anderen auch. Susi erhob sich und verließ den Raum. Wolfgang sah zum Sekundenzeiger der Wanduhr und wartete noch zwei lange Minuten, ehe er sich ihr unauffällig anschloss. Im Gang zögerte er. Sollte er ihr wirklich folgen? Nach der gerade erst überstandenen Blamage? Noch so eine Enttäuschung würde ihm die Frau wohl kaum verzeihen! Dann bemerkte er, dass die Tür ihres gemeinsamen Büros offen stand. Offensichtlich wartete sie dort drin auf ihn. Als er den Raum betrat und die Tür schloss, sah er sie über ihren Tisch gebeugt, so als ob sie etwas suchen würde.

„Kann ich ihnen helfen, Frau Müller?" fragte er und trat an ihre Seite. „Aber natürlich." sagte sie, blickte zur geschlossenen Tür und gab ihm einen Kuss. Was folgte war ein wahrer Rausch der Hormone. Er setzte sie auf die Tischkante, zwischen Zimtsternen und den Ordner mit der Schmiermittelabrechnung, die er gerade erst fertig gemacht hatte. Ein weiterer sehr langer Kuss folgte, dann öffnete sie ihm die Hose und streifte sich den Slip ab. Wolfgang zog ein Kondom aus der Hosentasche, das er vorsorglich mitgenommen hatte. Susi nahm es ihm ab und wollte es weglegen, doch er bestand darauf.

Sie hatte heute zum ersten Male seit langem wieder einen Rock angehabt. Nicht die sonst auf Arbeit übliche Jeans und nun wusste er auch warum. Sein Denken setzte aus. Ihre schnellen Finger streiften ihm den Gummi über. Auf der Tischkante sitzend zog die Frau ihn zu sich, schnell drängten ihre Körper ineinander und er musste an sich halten, damit auch sie auf ihre Kosten kam. Zwei schnaufende Körper in Ekstase, in einem Büro, dessen Tür sich nicht abschließen ließ!

Jederzeit konnten zwei andere Kollegen auf dieselbe Idee kommen, die sie gerade hierher gebracht hatte. Jedoch war vielleicht gerade dieser Gedanke etwas, was die Frau so wild machte. Stöhnend bäumte sich Susi auf und gab ihm damit das Zeichen, zum Ende kommen zu dürfen. Wenig später hielt er das gefüllte Kondom in der Hand und sah sich um. In den Eimer neben dem Schreibtisch konnte er es nicht geben. Da würde es Frau Mayer sehen, wenn sie später die Teller wieder mitnahm.

Susi zog sich schnell den Spitzenslip wieder an und nahm ihm das Kondom ab. „In der Damentoilette haben wir da einen Eimer dafür." sagte sie verschmitzt, sprühte sich mit einem starken Parfüm ein, dass sie aus ihrer Handtasche geangelt hatte, und setzte hinzu „Ich danke dir."

Das Duftwasser verschwand wieder. Es folgte ein weiterer schneller Kuss, dann war sie draußen und er ordnete seine Kleidung. Mit dem Blick auf die Uhr wartete er die zwei obligatorischen Minuten, dann folgte er ihr. Als er den Flur betrat, sah er die Sekretärin und den Vertriebsleiter aus dem Kopierraum kommen.

Wolfgang ging in den Saal zurück und setzte sich, so als ob nichts gewesen wäre. Er dachte an die vergangenen Minuten. Da war nichts Romantisches dabei gewesen. Nur pure animalische Lust. Allerdings war diese wohl von beiden Seiten ausgegangen! Susi kam zurück zum Tisch und setzte sich neben ihn. Nichts war ihr anzumerken. Nur ihr Duft lag in der Luft. Süßlich und schwer.

11. Kapitel

Entscheidungen

Nun war also Sonnabend und eigentlich hatte sie sich schon damit abgefunden, dass der kleine Kater jetzt bei ihr blieb. Dann würde sie eben das Weihnachtsfest mit Bernd und dem kleinen Fellknäul zusammen feiern. Was dann im nächsten Jahr wurde, das stand vorerst in den Sternen. Der Mann war in der Nacht sehr zärtlich und liebevoll zu ihr gewesen. Zwar konnte sie den Zweifel immer noch nicht stoppen, der in ihr saß, nur eben für ein paar Stunden zum Schweigen bringen. Einfach mal fallen lassen und an nichts denken. Das konnte sie bei dem Manne. War das richtig? An nichts denken? Jedenfalls konnten sie zusammen ausschlafen, da seine Praxis sonnabends nicht aufmachte, wie er ihr am Abend noch auf dem Sofa gesagt hatte.

Seit ein paar Stunden war sie schon wach und sah den Mann an. Die ersten Sonnenstrahlen fielen durch das Fenster und beleuchteten sein schlafendes Gesicht. Irgendwie hatte sie der kleine Kater zusammen gebracht. Das Tier hatte damit praktisch ihr Weihnachtsfest gerettet! Mit einem Satz war er in dem Bett und machte sich auf dem Kissen breit. So als ob sie ihn in Gedanken gerufen hätte. Der kleine Kerl knetete mit seinen Vorderpfötchen das Kissen durch. Die Bewegung des Kissens weckte dann den Mann und er sah sie einfach nur ein paar Augenblicke an „Womit habe ich dieses Glück nur verdient?" fragte er und traf damit genau denselben Punkt, den sie zuvor überlegt hatte. Es war einfach viel zu schön, um wirklich wahr zu sein. Seine Finger strichen zärtlich über ihre Wange und durch ihr Haar. Ein neuer Kuss ließ den Zweifel verstummen.

Sie lagen einfach minutenlang zu dritt nebeneinander im Bett. Einer im Fell und die anderen Beiden nackt. „Ich mach Frühstück." sagte der Mann „Und ich gehe ins Bad." setzte Karo hinzu. Der Fellträger blieb, die beiden anderen verließen das Zimmer so, wie sie gerade waren. Als Karo unter der Dusche stand schob er den Vorhang zur Seite und drängte sich auch unter den warmen Wasserstrahl. „Und was ist mit dem Frühstück?" fragte sie lachend „Das macht die Maschine!" setzte er hinzu und begann ihr den Rücken einzuseifen. Das fühlte sich richtig gut an und sie überlegte, wann das das letzte Mal jemand bei ihr gemacht hatte. „Die Mutter, als sie acht Jahre alt gewesen war." stellte sie in Gedanken fest. Eine neue Vereinigung kündigte sich an und drückte sich markant in ihren Rücken. Praktischerweise hatte Bernd auch wieder ein Kondom griffbereit.

Eine Gänsehaut folgte seinen Fingerspitzen, die liebevoll über ihren Körper glitten. Das tat sie auch, als sie sich danach gegenseitig trocken rubbelten. Dabei bemerkte sie, dass sie die ganze Zeit den Bauch einzog. Aber offensichtlich hatte er es nicht bemerkt, oder er sah einfach darüber hinweg. Ein Kribbeln zog sich durch ihren Bauch und sie musste ihn küssen.

Später saßen sie am Frühstückstisch und es war schon fast Mittag. Der kleine Geselle mauzte unter dem Tisch und brachte sich damit wieder in das Gespräch ein. Wo weiter suchen? Überhaupt weiter suchen? Mitten hinein in das Abwägen von Für und Wieder klingelte es an der Wohnungstür. Karo öffnete und erkannte Martina, die Pflegerin von Oma Agnes aus dem Erdgeschoß. „Du hast mich doch letztens nach der Familie gefragt. Wie hießen die noch mal?" fragte sie und Karo antwortete schnell „Folhauser." „Genau!" entgegnete die Schwester „Die Agnes hat heute einen lichten Tag. Da kannst du sie alles aus den letzten achtzig Jahren fragen. Morgen kann sie sich dann sicher nicht mal mehr daran erinnern, wer ich bin." „Ich komme mit." rief Karo erfreut und zog die Tür hinter sich zu. Dass sie damit Bernd alleine ließ, das nahm sie unbewusst einfach mal so hin. Sicher würde sie ja gleich wieder zurück sein.

Es hatte Stunden gedauert, in denen Agnes die Geschichte des Hauses erzählt hatte. Vom ersten Stein bis zum neuen Klingelschild der Studenten. Auch von der Familie hatte sie erzählt und davon, dass sie vor zwei Jahren nach Dresden gezogen waren. Das war hundert Kilometer entfernt! Konnte so ein kleiner Kater wirklich solch eine gewaltige Strecke zurücklegen? Oder war die Familie schon wieder umgezogen? Näher zurück an die Stadt? Karo wollte schnell alles abtelefonieren, doch Agnes ließ sich nicht stoppen und Martina musste dreimal neuen Kaffee kochen. Dann rannte Karo nach oben und klappte den Computer auf. „Na? Eine Spur?" fragte Bernd, der in das Zimmer kam. „Ja! Vielleicht. Dich hatte ich ja ganz vergessen. Entschuldige bitte." sagte sie und rief schon das Telefonbuch von Dresden auf. „Zehn Treffer!" sagte sie triumphierend.

Der Rest des Nachmittages ging für das Telefon drauf. Sie hatte nicht mal gemerkt, dass

Bernd die Wohnung schon verlassen hatte. Das stellte sie erst fest, als sie sich einen Tee machen wollte. Gegen 18:00 Uhr hatte sie schon fünf Kandidaten von der Liste gestrichen. Blieben noch fünf übrig. Es war Sonnabend und bei den meisten brauchte sie mehrere Anläufe, bis jemand endlich abnahm. Irgendwann sagte sie laut „Jetzt reicht es mir!" aber der kleine Kater legte ihr die Pfote auf ihr Knie. „Nicht aufhören!" sollte das wohl heißen. Jedoch würde sie auch ihren kleinen Freund verlieren, wenn sie die richtige Person am Telefon haben würde.

Wollte sie das wirklich? Sie strich ihm über das graue Köpfchen und er tippte das Telefon in ihrer Hand an. Noch ein Fehlversuch. Eine Familie beim Abendessen gestört und trotzdem kein Erfolg. Sie hatten ihren Kater noch! Die Züchterin fiel Karo wieder ein. Die Frau hatte gesagt, dass sie im Januar wieder Kitten abgab. Karo hatte die Kleinen schon gesehen. Die waren so unbeholfen und putzig gewesen, wie sie da in der Box umhertappten. Dann sah sie zu Aramis. „Entweder ich behalte dich, oder ich hole mir ein Kleines!" sagte sie und wusste auf einmal gar nicht, wie sie es all die Jahre ohne Katze hatte aushalten können.

„Ach was soll es. Ich lass es einfach!" sagte Karo und knüllte den Zettel zusammen. „Du bleibst bei mir!" setzte sie hinzu und legte den, zu einer Kugel zerknüllten, Zettel auf den Tisch. Aramis sprang vom Sofa hinterher und schob ihr den Zettel zurück. „Weiterwählen?" fragte sie den Kater, der sie mit großen Augen ansah.

Wieder kamen die Zweifel in ihr hoch. „Also Nummer sieben!" sagte sie „Aber das ist der letzte Versuch!" ergänzte sie und zog den Zettel wieder glatt. Langsam tippte sie die Nummer ein. Es tutete mehrmals. Sie zählte leise mit „Drei" „Vier" beim neunten Zeichen sagte sie „Einmal noch, dann ist Schluss!" sie hatte den Finger auf der roten Taste, als sich ein Mann meldete. Aramis horchte auf. Die Stimme klang angenehm und melodisch, aber anscheinend auch etwas verärgert, wegen der späten Störung.

12. Kapitel

Frohe Kunde

Seit dem Nachmittag war Susi nun schon da und es sah nicht so aus, als würde sie so schnell wieder gehen wollen. Sie trug eine hautenge Jeans, unter der sicher nur ein kleiner Tanga Platz hatte und ein eng sitzendes Top, das verriet, dass der Tanga wohl ihr einziges Unterwäschestück war, das sie heute trug. Immer wenn sie vorüber ging, dann schaute er ihr nach. Ihre Figur konnte sich wirklich sehen lassen. Sogar angezogen! Langsam wurde es draußen dunkel und sie setzten sich auf das Sofa, während Sofie am Tisch saß und etwas malte. Aber er merkte wohl, dass die Tochter immer mit einem Auge bei ihm war. Susi störte das wohl kaum. Sie drückte sich ganz eng an ihn an. Wolfgang holte eine Flasche Wein aus der Küche und nahm zwei Gläser aus dem Schrank. „Ausziehen und ab in dein Bett." sagte er und sah, wie Susi lächelte. Das war es vermutlich, was sie wollte, was die Tochter aber erst mal musste.

Sofie begann zu murren „Es ist doch noch so früh.", „Morgen ist Sonntag" und „Ich habe Ferien!" mit allem hatte sie zwar Recht, aber mit der

Tochter im Raum konnte er Susi nicht näher kommen. „Mach schon!" setzte er fordernd hinzu und das Mädchen klappte das Buch zu. Missmutig schlurfte sie in ihr Zimmer.

„Und nun zu uns." sagte er, als er sich zu Susi setzte „Ich folge gern." schnurrte die Frau und drückte sich noch enger an ihn. Wolfgang füllte die beiden Gläser und überlegte einen Moment, ob Rotwein wohl die richtige Wahl gewesen war. Mit Sofie in der Nähe hätte es wohl eher ein Weißer sein sollen. Anscheinend bemerkte auch Susi seine Gedankengänge und sagte „Ich behalte mein Glas lieber in der Hand. Nicht das wieder ein Bär geflogen kommt." Sie lächelte so umwerfend, das da irgendwie die Sonne in ihm aufging. Er hatte das Gefühl, dass sie sich irgendwie an ihm rieb. Oder war das nur die Nähe, die jede Berührung viel Intensiver spürbar machte? Jeden Atemzug von ihr konnte er fühlen. Dann stießen sie an und ab da ging das Theater wieder los.

Alle zwei Minuten stand Sofie in der Tür. Das obligatorische Abendspiel begann. „Durst", „Hunger", „schlechter Traum", obwohl sie sicher noch gar nicht geschlafen hatte, so ging das sicher mehr wie eine Stunde. Dann war es auf einmal sonderbar ruhig. Was war los? Fünf Minuten ohne Sofie? Wolfgang stand auf und ging in das Zimmer hinüber, anscheinend war die Tochter von dem ständigen Hin- und Herlaufen zu erschöpft. Sie lag im Bett und er löschte das Licht. Kein Protest von dem Mädchen.

Abends noch nicht mal neunzehn Uhr und Ruhe vor dem Quälgeist! Das konnte doch das absolute Glück sein. Er zog die Decke vorsichtig über die Tochter, damit sie nicht geweckt werden würde. Dann ging er zurück zu Susi, die sich auf dem Sofa ausgestreckt hatte. Wie eine Göttin lag sie da und das ihr Haar offen über die Kante des Sofas fiel, das war sicher auch kein Zufall gewesen. Das sah wie gemalt aus und hatte sicher sehr viel Übung bedarf, das in den paar Minuten so hinzubekommen. Gerade als er sich zu ihr setzte und sie zu küssen begann, klingelte das Telefon. So spät am Abend? „Lass es klingeln." hauchte Susi und er war sofort dafür, ihr zu folgen. Wer konnte das schon sein? Irgendein Callcenter vielleicht, das ihn fragen wollte, ob er lieber Müsli oder Brötchen zum Frühstück haben wollte. Er wollte diese Frau hier, die so verführerisch vor ihm lag. Immer weiter klingelte es.

„Lass uns ins Schlafzimmer gehen." gurrte die Frau und er zog sie auf die Füße. Wieder klingelte das Telefon. Genervt nahm er ab und wartete darauf, sofort wieder aufzulegen. „Entschuldigen sie die späte Störung." sagte eine Frauenstimme und er wollte schon antworten „Wir brauchen nichts!", doch etwas hielt ihn zurück, obwohl Susi an ihm zog. Sie stand schon fast in der Schlafzimmertür. „Vermissen sie einen kleinen Kater?" fragte die Frau weiter und er antwortete „Ja!" „Klein und Grau?" „Mit einem weißen Latz." setzte er hinzu „So einem kleinen weißen Fleck am Hals?" „Ja." antwortete er „Haben sie ihn? Was ist mit ihm?" fragte er gespannt. „Der sitzt hier neben mir auf dem Sofa." hörte er aus dem Telefon.

Die Nacht mit Susi war vergessen. Er rief „Sofie." und die Tochter stand nur Sekunden später völlig verschlafen in der Tür. Susi setzte sich zurück auf das Sofa und hielt sich am Wein fest. „Warten sie mal, ich stelle auf laut." sagte Wolfgang und legte den Hörer auf die Kommode. Dann setzte er hinzu „Die Frau hat unseren Kater gefunden.", da Sofie ja noch nicht wusste, warum er sie geweckt hatte. Mit einem Sprung war das Mädchen am Telefon „Strolchi?" fragte sie laut und die Frau antwortete „Eigentlich heißt er ja Aramis." „Ja. So hieß er mal früher." erklärte Wolfgang. Nun hatte auch Susi begriffen, worum es ging. „Warten sie mal, ich stelle sie auch auf laut. Dann kann er sie hören." entgegnete die Frau am anderen Ende der Leitung.

Wieder rief Sofie „Strolchi." und man konnte ein Brummen hören. „Er freut sich." sagte die Frau. „Können sie ihn nicht gleich vorbei bringen?" fragte Wolfgang „Das wird schwierig." antwortete die Frau „Warum denn das? Es ist doch noch gar nicht so spät." entgegnete er und sah auf die Uhr.

„Ich bin hier in Leipzig. In ihrer alten Wohnung." kam die Antwort aus dem Hörer. Für einen Moment war Schweigen. Vater und Tochter sahen sich erstaunt an. Wie konnte ein so kleiner Kerl eine solche Strecke zurücklegen? „Aber ich bringe ihn morgen zu ihnen." ertönte die Stimme aus dem Telefon „Gegen Mittag werde ich wohl da sein." setzte die Frau noch hinzu. „Ich freue mich." rief Sofie und dann noch ein „Gute Nacht Strolchi!" „Ja. Bis morgen." antwortete die Frau und man konnte wieder das Schnurren des Katers hören. Dann erlosch das Display des Telefons. „Er ist wieder da!" rief Sofie und tanzte in der ganzen Wohnung herum.

Susi sah ihr etwas genervt hinterher. „Ich glaube, dass wird nichts mehr mit uns beiden heute Nacht." sagte er und sah, wie enttäuscht Susi war. Sie stand auf und kam auf ihn zu „Aber morgen vielleicht?" „Ganz bestimmt." sagte er und gab ihr einen langen Kuss, der wieder durch Sofies Freudentanz gestört wurde.

Wenig später war Susi gegangen. Sofie würde sicher noch stundenlang um ihn herum tanzen. Da kannte er seine Tochter und er freute sich auch, dass der kleine Kater wieder aufgetaucht war. Insgeheim hatte er schon mit dem Schlimmsten gerechnet und sich nach einem Neuen für Sofie erkundigt. Den hätte es dann zu Weihnachten gegeben.

13. Kapitel

Wege über das Land

Wo war eigentlich Bernd? Karo sah sich um, als sie aufgelegt hatte und stellte fest, dass er ja immer noch fehlte. Es war schon seltsam, dass er die ganze Zeit, während sie nach dem Besitzer von Aramis gesucht hatte, anwesend gewesen war und jetzt, da ihre Suche zum Erfolg geführt hatte, da war er verschwunden. Sie wartete eine ganze Weile, ob er an ihrer Tür klingen würde, und griff dann zum gerade erst weggelegten Telefon. Schnell wählte sie seine Nummer und wieder tutete nur das Rufzeichen. Irgendwie kam sie sich wie eine Telefonistin vor.

Tagelang hatte sie das Telefon am Ohr gehabt und es fühlte sich an, als ob es brennen würde. Dann meldete sich eine Frau und im Hintergrund war laute Partymusik zu hören „Kann ich mal Bernd sprechen?" fragte sie und die Frau antwortete „Der ist gerade nicht da." „Aber es ist doch sein Telefon!" entgegnete Karo, denn sie wusste, dass er es eigentlich nie weit weg legte. „Kann er mich zurückrufen, wenn er wieder da ist?" fragte sie noch und die andere Frau sagte „Na klar doch." dann war Ruhe.

Am Tonfall hatte Karo schon gemerkt, dass sie es wohl kaum ausrichten würde. War er zu einer Party? Eigentlich normal. Es war Sonnabendabend. Jedoch das er einfach so verschwunden war, ohne ihr etwas zu sagen und nun auch noch auf einer Party war, das kam ihr schon seltsam vor. All die Tage hatten sie nur geredet und nun? War sie nur ein Abenteuer für ihn gewesen? Jetzt, da er erhalten hatte, was er von ihr gewollt hatte, war sie abgemeldet? Konnte das sein? Sie dachte an die letzte Nacht zurück. Komisch! Der Zweifel schrie „Der wollte nur mit dir in die Kiste!" Um diese laute Stimme zu übertönen, schaltete sie den Fernseher an und versuchte sich auf den Film zu konzentrieren. Ein Liebesfilm! Na klar! Kamen die nicht sonst immer sonntags? Warum also das schon wieder? Ein weiteres Zeichen?

Nächster Kanal, nächster Film. Zwei Liebende in einem Bett. Nächster Kanal, zwei Menschen, die sich küssten. Noch ein Fernsehkanal weiter, ein Tierfilm. Endlich! Irgendwo in Afrika. Löwen in der Savanne. Prima, das waren ja auch Katzen und der Kater legte sich über ihre Knie.

Keine fünf Minuten später. Ein Kameraschwenk, eine Lodge mit zwei nackten Menschen in einem Pool! Karo wusste was kommen würde und schaltete um, bevor sich die Beiden küssen konnten. „Verdammt!" brach es aus ihr hervor. Der letzte Kanal. Nachrichten! Da würden sicher keine Küssenden zu sehen sein. Dafür kam eine Sendung über eine Preisverleihung mit lauter prominenten Pärchen auf dem roten Teppich.

Karo hielt sich die Fernbedienung an die Schläfe. „Das ist doch die reinste Folter!" stieß sie nur noch aus. Dabei drückte sie auf den „Aus" Knopf und der Fernseher verlosch. Sie sah zum Radio, aber bei ihrem Glück würden vermutlich auf allen Sendern Liebeslieder kommen. Also ließ sie es und beschäftigte sich lieber mit dem kleinen grauen Kniewärmer. Der Kater schnurrte und sie dachte daran, dass wohl am nächsten Tag der große Abschied kommen würde. Dann würde Aramis in Dresden sein und sie hier in der Wohnung. Zweiter Advent! Würde sich da so viel zum Ersten ändern? Wenn Bernd wieder auf einer Party war, dann sicher nicht. „Dieser Schuft!" dachte sie laut. Ihr Blick fiel auf die beiden Gläser des Vorabends und die leere Weinflasche. Immer neue Zweifel brannten sich in ihren Kopf.

Irgendwie musste sie sich davon ablenken. Daher zog sie das Handy zu sich und gab die Adresse für die Navigation ein. Dann prüfte sie den Wetterbericht. Wenn es nicht zu viel Schnee gab, und es keinen Stau geben würde, dann konnte sie die Strecke in zwei Stunden geschafft haben. Also würde sie um 08:30 Uhr losfahren müssen. So stellte sie den Wecker auf eine Stunde eher. Der Kater schnarchte mittlerweile auf ihrem Schoß und da sie das Telefon ja sowieso schon in der Hand hatte, rief sie noch einmal bei Bernd an. Vielleicht war er ja nun da und würde ihre Zweifel zerstreuen.

Wieder klingelte es ewig und erst nach zehn Ruftöne nahm eine Frau ab. Diesmal wieder eine andere, als die zuvor. Was war denn da los? Es war sicher eine Stunde später! War er immer noch nicht zurück? „Kann ich mal Bernd sprechen?" „Der ist hier irgendwo mit Anita." sagte die Frau und legte wieder auf. Karo starrte auf das Display, das langsam verlosch. „Wer zum Teufel ist Anita?" brach es aus ihr heraus. Vor ihrem geistigen Auge sah sie Siglinde mit Bernd zusammen. Nur eine Woche und weg war er wieder. Nur ein paar schnelle Nummern und dann die Nächste!

Solange sie nur geredet hatte, war er bei ihr gewesen. Nach dem Sex war er weg! Männer! Sie dachte mit Wehmut an den verheißungsvollen Morgen unter der Dusche zurück und hasste sich danach doch gleichzeitig dafür. Zu schnell hatte sie auf ihn reagiert. Aber es war trotzdem schön gewesen.

Doch nun war sie vollkommen sauer und legte das Telefon auf den Tisch zurück. Zum Glück hatte er noch keinen Schlüssel, da würde sie also von ihm verschont bleiben. Vorsichtig hob sie den kleinen Kater an, steckte sich das Telefon ein und ging mit dem Tier im Arm in die Schlafstube hinüber. Dort legte sie Aramis auf das Kopfkissen, stöpselte das Ladekabel an das fast leere Handy und ging in das Bad hinüber. Unter der Dusche musste sie heulen. Warum hatte sie nur solch ein Pech? Wieder fraß sich der Kummer durch ihren Körper, doch wenig später schlief sie neben dem Kater ein.

Das piepsende Handy weckte sie. Ein Anruf? Doch es war nur der Wecker und keine Nachricht von Bernd. Vielleicht hätte eine Entschuldigung von ihm ja was genutzt, aber so war wohl nun Schluss! „Na das geht ja gut los." sagte sie und weckte damit den Kater, der sie gähnend ansah.

„Aufstehen. Es geht dann los!" sagte Karo und ging in das Bad. Als sie in die Küche kam, saß Aramis schon vor dem Korb. „Erst mal einen Kaffee und dann fahren wir." erklärte sie dem kleinen Kerl. Der Kummer über den Ärger mit dem Mann war durch die Dusche wieder tief in ihr drin. „Mistkerl!" sagte sie laut und wenn er jetzt dagewesen wäre, dann hätte sie ihn sicher einfach aus der Wohnung geworfen. So wie ihren Ex-Freund. Noch ein Ex-Freund! Zwei in einer Woche! Das war alles so komisch und sie hätte sich eine herunterhauen können, dass sie nicht auf die leise Stimme gehört hatte.

Spätestens unter der Dusche hätte sie doch stutzig werden müssen! Er war nackt in das Bad gekommen, aber die Gummis hatte er nicht vergessen! „Mist!" schimpfte Karo laut vor sich hin.

Schließlich packte sie zusammen. Der Kater sprang von selbst in den Korb, den sie mit dem dazu gehörenden Gitter in eine Transportbox verwandelte. Dann stieg sie mit ihm in das Auto und fuhr los. Die Straßen waren frei und das Navigationsgerät lotste sie über die Straßen. Sie musste sich auf den Weg konzentrieren und hatte keine Zeit über Bernd nachzudenken. Aber am Abend, wenn sie wieder zurück war, würde dann

sicher der Kummer mit unvermittelter Härte zuschlagen. Zwei Freunde in einer Woche! Das war
einfach zu viel. Und Aramis würde sie nun auch
noch verlieren.

Er stand in dem Korb auf dem Beifahrersitz
und sah zu ihr hoch. Immer beim Schalten trafen
sich ihre Augen. Etwas Liebevolles lag darin. Die
Stadtgrenze von Dresden kam auf sie zu und die
ersten Schilder standen am Straßenrand. Nun fuhr
sie langsamer, um nicht eine Abzweigung zu verpassen. Das Navi hatte bisher gute Dienste geleis-
tet. Wieder eine Straße und ein paar kleine Häuser. „Sie haben das Ziel erreicht. Das Ziel befindet sich auf der linken Seite." meldete sich die
Stimme und Karo hielt an. Sie suchte die Haus-
nummer und fand sie sofort. Das Haus war sehr
schön. Ein flaches Einfamilienhaus. Zwei Park-
plätze davor und im Sommer sicher auch ein paar
Blumen. Im Moment stand da zur Begrüßung ein
kleiner Schneemann.

„Wir sind da!" sagte sie, parkte das Auto auf
einem der freien Plätze, griff sich den Korb und
stieg aus.

14. Kapitel

Wiedersehensfreude

Sofie lief schon seit Stunden immer von einem Fenster zum nächsten. Die Frau hatte Mittag gesagt und es war noch nicht mal elf. Seit einer halben Stunde war auch Susi wieder da. Sie stand in der Küche und bereitete das Essen vor. Er wollte sich damit bei der fremden Frau für die Mühe und auch für den weiten Weg bedanken. Susi hatte heute nicht so ganz etwas Hautenges an, wie am Abend zuvor. Schade eigentlich. Aus dem engen Oberteil hätte er sie gern befreit gehabt. Wolfgang sah ihr zu, wie sie in der Küche arbeitete. „Gibt es auch etwas anderes als Salat?" fragte er, denn er dachte wieder an den Teller bei der Weihnachtsfeier. Susi hob das Messer und zeigte auf die Backröhre. „Da wird schon etwas Hühnchen warm." sagte sie lachend. „Ich hoffe es reicht." setzte sie hinzu. Dabei spielte sie bestimmt auf seinen Teller an. Er sah in das Backfach und nickte. „Wird schon." entgegnete er.

„Sie kommen!" rief Sofie und er ging zu ihr hinüber. An dem Fenster in der Stube standen sie und sahen dem Auto zu, das vor dem Haus einparkte. Das Mädchen war kaum noch zu halten. Am liebsten wäre sie in Hausschuhen in den Schnee hinaus gelaufen. Eine Frau stieg aus und hatte einen Korb in der Hand. Nun zog Sofie ihn zur Tür. Noch bevor die Frau klingeln konnte, hatte die Tochter die Tür aufgerissen. Sie kniete vor dem Korb, den die Frau festhielt. „Strolchi!" rief sie. „Hallo. Kommen sie rein." sagte Wolfgang und gab der Frau die Hand. „Hallo. Ich bin Karo. Eigentlich Karoline." begann die Frau und Sofie hatte ihr den Korb schon aus der Hand gerissen, den Kater heraus gezogen und tanzte mit dem Tier durch das ganze Haus.

Immer noch stand die Frau draußen. „Bitte." sagte er und gab ihr den Weg frei. Dann nahm er ihr die Jacke ab. Wenig später saßen sie auf dem Sofa und Susi kam in die Stube. Sie schien die andere Frau zu mustern, dann sagte sie „Hallo ich bin Susi." „Karo." sagte die andere und dann gaben sie sich die Hand. „Das Huhn braucht noch eine halbe Stunde." sagte Susi. „Wollt ihr was trinken?" fragte er und die beiden Frauen entschieden sich für Saft. Immer noch tobte das Mädchen durch die Räume mit dem Kater, der etwas hilflos in ihren Armen hing. „Lass ihn doch mal runter!" sagte Wolfgang mit den Gläsern und der Flasche in der Hand. Nur wiederwillig ließ das Mädchen das Tier los.

Dann begann die Frau zu erzählen, wie der Kater in ihr Leben getreten war und was in der letzten Woche passiert war. Nach einer Weile sagte Susi „Ich muss mal nach dem Essen sehen." dann ging sie in die Küche. „Ihre Frau ist nett." sagte Karo „Meine Frau?" fragte Wolfgang verständnislos. „Ach sie meinen Susi!" setzte er hinzu und erzählte weiter „Susi ist meine Freundin. Meine Frau ist im Frühjahr gestorben. Die Krankheit kam zu schnell." „Das tut mir leid." sagte Karo „Das Essen wäre dann soweit." rief Susi aus der Küche. „Wie lange können sie bleiben?" fragte er und Karo antwortete ihm „Ich muss zwei Stunden fahren. Wie lange darf ich bleiben?" „Bleiben sie doch noch zum Kaffeetrinken. Es gibt Stollen." „Gern." antwortete sie und dann trafen sich alle in der Küche.

Susi hatte schon den Tisch gedeckt und alle setzten sich. Jetzt wurde geschlemmt, geredet, gelacht. Dann ging er mit Sofie in die Stube zurück. Die beiden Frauen räumten den Tisch ab und spülten auch noch das Geschirr. Er saß mit der Tochter vor dem Sofa auf dem Boden und sie spielten mit dem Kater. Es war, als wäre er nie fort gewesen. Karo und Susi kamen zurück, setzten sich auf das Sofa und tranken weiter den Saft. Sie saßen hinter ihm und unterhielten sich über irgendetwas, was Frauen eben so interessierte.

Die Zeit ging dahin und gegen drei Uhr machte Susi Kaffee und schnitt den Stollen an. Er half ihr mit dem Geschirr und sie saßen auf dem Sofa. Plötzlich rief Sofie „Toll! Da kann ich morgen richtig rodeln!" alle sahen zu ihr, als sie zum Fenster hinter dem Sofa lief. „Ach du Schreck!" rief Karo und stand auf. Draußen war alles weiß vom fallenden Schnee. Das Auto war kaum noch zu sehen und stand doch nur drei Meter vom Fenster entfernt. „Da komme ich doch nie wieder heim." sagte Karo und sah zum Himmel, der ziemlich grau aussah. „Gibt es hier eine Pension in der Nähe, wo ich übernachten kann?" fragte sie und er suchte ein Telefonbuch heraus. „Ich muss!" sagte Susi plötzlich „Schon?" fragte er und sie holte ihre Jacke. Karo begann zu telefonieren. „Ja. Ich habe Winterdienst zu Hause und muss morgen in die Firma." erklärte Susi „Ja. Ich auch." entgegnete er und dachte an den Schneeschieber. „Wir sehen uns morgen." sagte sie. Er gab ihr einen Kuss, dann verabschiedete sie sich von Karo.

Die Frau telefonierte weiter. Eine halbe Stunde später legte sie entnervt auf. „Da ist kein einziges Zimmer mehr frei." sagte sie sichtlich verzweifelt und schaute zum Fenster hinaus. „Warum schläfst du nicht bei uns?" fragte Sofie schließlich, mit dem Kater im Arm. „Wenn ich

94

darf?" fragte Karo und sah ihn bittend an. Bei dem Blick musste er einfach zustimmen. „Fein! Du schläfst bei mir." sagte Sofie und zog sie am Arm hinter sich her in ihr Zimmer. Es ging auf den Abend und er saß allein auf dem Sofa. Die Tochter war mit Karo und Strolchi in ihrem Raum. Im Haus war es seltsam ruhig und er fühlte sich einsam.

Warum war Susi bloß gegangen? „Der Schnee!" fiel ihm wieder ein. Den musste er ja auch noch beiseiteschieben. Daher zog er sich schnell die Jacke an und ging nach draußen. Es lag sicher schon mehr als ein halber Meter Schnee und immer noch fiel er von oben. Schnaufend schob Wolfgang eine Schneise von dem Carport zur Straße. Das Auto von Karo war mittlerweile ein Schneehaufen. Die Schneespur folgte dem Fußweg und er schob den Schnee immer weiter zur Seite. „Nun noch streuen!" dachte er und holte den Eimer aus dem Carport. Schaufel für Schaufel streute er Sand auf den glatten Weg.

Als er wieder in das Haus kam, stand die Frau im Flur. „Kann ich ihre Dusche benutzen?" fragte sie „Natürlich. Handtücher sind im kleinen Schränkchen im Bad." antwortete er ihr, während er sich die Jacke auszog. Die Frau bedankte sich und verschwand. Eine Weile später rief sie „Das Bad ist wieder frei." und er ging in den Flur, um ihr eine gute Nacht zu wünschen. Dabei traf ihm fast der Schlag. „Ruth?" fragte er. Sie stand mit dem Rücken zu ihm. Barfuß und die Klinke des Kinderzimmers in der Hand. War es ein Geist? Dann drehte sich der Geist zu ihm um und es war Karo! „Ziehen sie das aus! Sofort!" sagte er aufgebracht. „Sofie hat es mir gegeben." sagte die Frau im Nachthemd von Ruth. „Nein! Das geht nicht! Ausziehen!"

„Aber ich habe nichts drunter." entgegnete sie und er löste sich aus seiner Starre. „Ich hole ihnen einen Schlafanzug von mir. Warten sie bitte." entgegnete er, dann ging er in sein Zimmer und suchte einen Schlafanzug aus dem Schrank. Diesen drückte er ihr in die Hand. „Möchten sie noch einen Tee vor dem Einschlafen?" fragte er sie versöhnlerisch.

„Jetzt, wo ich nicht mehr fahren muss, würde ich auch einen Wein nehmen." entgegnete sie „Rot oder Weiß?" fragte er nach. „Rot!" antwortete sie und verschwand im Bad.

15. Kapitel

Tee oder Wein?

Sie hatte gedacht, er wirft sie aus dem Haus. So hatte er sie angesehen. Nun stand sie im Bad und hatte den Schlafanzug an. Der war ihr eindeutig zu groß. Das Nachthemd hatte perfekt gepasst. Aber das konnte sie ihm nicht antun. Sorgfältig legte sie das Nachthemd zusammen und ließ es auf der Waschmaschine liegen. Der Schlafanzug war da eine schlechtere Wahl. Die Hose ging ihr bis zu den Knien und rutschte ständig. Die Jacke fiel bis über den Hintern und überdeckte damit das freie Stück Haut. In der Nacht konnte sie die Hose ja dann weglassen. So ging sie zurück in die Stube. Leise Musik spielte und der Wein stand schon auf dem Tisch.

Der Mann war nicht da, aber es klapperte in der Küche. Daher ging sie zur Tür und sah in den Raum. „Wollen sie auch einen Tee?" fragte er, als er das Wasser in seine Tasse goss, aber sie schüttelte den Kopf. „Ich brauche einen zum Aufwärmen. Draußen ist es richtig kalt und nass." sagte er. Mit der Tasse kam er auf sie zu und bat sie in die Stube zurück. Karo spürte eine Berührung im Rücken, so als ob er sie führen wollte. Kurz zuckte sie zusammen. Mit einer Hand die Hose oben haltend folgte sie ihm schließlich.

Auf dem Sofa unterhielten sie sich. Sie machten beide fast dasselbe. Büroarbeit war wahrscheinlich überall auf der Welt ähnlich. Vieles in ihren Leben hatten sie gleich gemacht, nur das er acht Jahre älter war. Der Wein schmeckte lecker und löste ihre Zunge. Über die Arbeit kam er dann auch auf Susi, seine Arbeitskollegin und Freundin, zu sprechen. Karo dachte daran zurück, wie sie am Nachmittag zusammen abgespült hatten und Susi ihr fast beiläufig gesagt hatte, dass sie von ihm schwanger war. Es kam Karo seltsam vor, dass die Frau einer praktisch Unbekannten solch intime Details erzählte, aber der Tonfall hatte die Aussage „Ich bin schwanger." zu „Finger weg von meinem Freund!" verändert.

Allerdings hatte sie nach Bernd nun endgültig die Nase voll. Noch ein Mann war jetzt erst einmal nicht mehr drin. Sie kramte in der Handtasche, die neben dem Sofa gestanden hatte. Kein Anruf! Also doch! Er hatte es nur auf die eine Nacht abgesehen! „Warten sie auf einen Anruf? Wollen sie jemanden Bescheid sagen, dass sie über Nacht hier bleiben?" fragte der Mann und

Karo legte das Telefon weg. „Nein. Da wartet niemand und ich habe Urlaub." entgegnete sie.

Der Wein war wirklich gut, aber sie dachte wieder an Bernd. Da hatte das auch so angefangen. Drei Gläser und sie waren in der Kiste gelandet. Konnte sie noch ein zweites Glas trinken? Gedankenverloren sah sie das fast leere Glas an. Ja oder nein? „Möchten sie noch eins?" fragte der Mann, der sicher ihren Blick gesehen hatte. Was nun? Sie nickte und er goss nach. „Der ist wirklich lecker." sagte sie. „Aber geht schnell in den Kopf." entgegnete der Mann. „Wollen sie mich etwa betrunken machen?" fragte sie lachend, doch er wehrte ab. „Ich habe eine Frage." kam es zögerlich aus ihm heraus „Nur zu." „Sie haben gesagt, dass sie Urlaub haben und niemand wartet." „Ja?" fragte sie nach „Wäre es ihnen möglich, morgen auf Sofie aufzupassen? Ich habe noch in der Firma zu tun und meine Tochter hat schon Ferien. Eine Lehrerin ist krank geworden." sie zögerte einen Moment. Noch einen Tag? Aber was hatte sie zu verlieren? Nur die Langeweile zuhause.

Der Mann setzte hinzu „Entschuldigung. Ich wollte sie nicht überfallen. Dann geht sie eben in den Hort." „Nein." sagte Karo „Ich mache das gern. Da kann ich noch etwas bei Aramis bleiben." „Bei Strolchi." setzte der Mann entgegen „Meine Frau hat ihn so genannt." sagte er und blickte versonnen durch sie hindurch. Ihr fiel wieder das Nachthemd ein. „Entschuldigung, dass ich das Nachthemd angezogen habe. Sofie hat es mir gegeben, als sie draußen Schneeschieben waren. Ich hatte gedacht, das wäre in Ordnung für sie." „Keine Ursache. Ich hatte mich nur irgendwie nicht im Griff. Ich dachte sie wären Ruth. Sie halten sogar das Glas so, wie meine Frau es immer gemacht hat. Ich habe das nirgendwo anders noch mal so gesehen. Erst jetzt wieder. Bei ihnen." ergänzte er und Karo sah auf ihre Hand. Sie hielt das Glas doch normal? Oder? Egal!

„Wenn ich auf Sofie aufpassen soll, dann habe ich aber ein anderes Problem." begann sie „Ich war nicht auf einen längeren Aufenthalt vorbereitet. Ich habe keine Wechselwäsche mit. Für die Rückfahrt morgen früh hätte ich die nur durchgelüftet. Aber so?" beendete sie. „Kein Problem. Kommen sie mit." sagte er und ging vor. Wenig später waren sie im Schlafzimmer. „Erst wollen sie mich betrunken machen und dann landen wir bei ihnen im Schlafzimmer." witzelte Karo, aber er blieb ernst und ging nicht auf den Spaß ein.

Der Mann öffnete einen Schrank und drehte sich sofort weg. „Nehmen sie, was sie brauchen." sagte er „Die Sachen ihrer Frau?" fragte Karo nun vollkommen ernst und dachte daran, wie er sie kurz zuvor noch beinahe im Flur gezwungen hatte, dass sie sich wegen des Nachthemds nackt ausziehen sollte. „Ich konnte den Schrank monatelang nicht öffnen. Bedienen sie sich und machen sie dann einfach wieder zu." sagte er und ging zur Tür des Zimmers, wo er auf sie wartete. Karo nahm ein paar Kleidungsstücke und schloss die Schranktür. „Danke sehr." sagte sie, als sie das Zimmer verlassen wollte.

Der Mann kam ihr in dem begrenzten Platz der Zimmertür bedenklich nah mit seinen Lippen, doch dann wich er aus. „Ich wünsche ihnen eine gute Nacht." sagte er und gab ihr die Hand. Karo ergriff die Hand und musste dafür die Hose loslassen. Die Hüften fingen den Sturz des Kleidungsstückes kurz auf, aber lang genug, dass sie nicht unten ohne vor ihm stand. Sie nickte ihm zu, zog die Hose wieder hoch, bedankte sich für den schönen Abend und war eine Minute später bei Sofie im Bett.

Das Mädchen lag an der Wand. Den meisten Platz nahm der Kater ein, der in der Mitte auf dem Kissen lag. Karo erinnerte sich an die Hose, streifte sie herunter und hing sie auf die Bettkante. Sie zog sich einen der gerade geholten Slips an, kuschelte sich in das Bett und löschte das Licht der Nachttischlampe.

Der Wein schloss schnell ihre Augen.

16. Kapitel

Vergleiche

Wolfgang war selbst erschrocken gewesen, wie schroff er reagiert hatte, aber dann war es doch noch ein netter Abend geworden. Plötzlich hatte er gesehen, wie sie dasaß. Mit den Füßen unter ihrem Hintern. So wie Ruth. Wie sie das Glas hielt. Wie seine Frau! Wie sie den Kopf hielt. Alles an ihr erinnerte ihn plötzlich an seine Frau. Daher hatte er sie auch gefragt, ob sie auf Sofie aufpassen konnte und deshalb hatte er ihr auch die Wäsche gegeben. Nun lag sie sicher bei Sofie im Bett und schlief schon. Er ging in das Bad und sah ihre Unterwäsche, die sie zum Lüften aufgehängt hatte. Bis vor ein paar Minuten wollte sie diese ja, in Ermanglung von Wechselwäsche, auf der Rückfahrt tragen. Etwas zog ihn zu dem Handtuchhalter, auf dem ihr Slip hing. Dann nahm er das kleine Stoffstück und roch daran. Es war ihm peinlich, aber er konnte nicht anders.

Der Duft war genauso markant, wie der seiner Frau. Das konnte doch nicht sein! Langsam waren das viel zu viele Zufälle, als das es ein Zufall sein konnte. Schnell hängte er den Slip zurück.

Nicht auszudenken, was die eigentlich fremde Frau sagen würde, wenn sie ihn so sehen würde. „Pervers" wäre da sicher noch das schmeichelhafteste gewesen. Danach ging er unter die Dusche und seifte sich ab. Seine Gedanken flogen zur Arbeit am nächsten Tag und zu Susi. War sie die Richtige für ihn? Wieder kam die Frage hoch: Was wollte so eine Traumfrau von ihm? Und schon wieder bekam er keine Antwort.

In Gedanken vertieft trocknete er sich ab und zog sich den Schlafanzug über. Das von der Frau getragene Nachthemd legte er in die Wäsche. Leise ging er hinüber in sein Bett. Den obligatorischen Blick nach Sofie ließ er heute mal aus, da die Frau auch dort schlief und er sie nicht stören wollte. Wenig später schlief er fest und wurde dann durch das Piepsen des Weckers wieder geweckt. Verschlafen saß er im Bett. „Noch zwei Mal." murmelte er, dann stand er auf, wusch sich und zog sich an. Anschließend ging Wolfgang in das Zimmer von Sofie und wurde von einem nackten Hintern begrüßt, der unter der Decke hervor schaute. Karo hatte die zu große Schlafanzugshose über das Bettgestell gehängt.

Beim Nähertreten sah er, das sie gar nicht nackt war. Sie hatte einen von Ruths fleischfarbenen Slips an. Seine Frau hatte diese mal gekauft und gesagte „Wenn ich die unter einem halbdurchsichtigen Kleid trage, dann halten mich alle für ein Luder!" sie hatte aber nie solch ein Kleid gehabt. Fast auf Zehenspitzen trat er näher und stand vor dem Bett. Vorsichtig berührte er Karo an der Schulter und sie wachte fast sofort auf.

„Guten Morgen." sagte er leise und sie nickte nur zur Bestätigung. Der Kater gähnte und Wolfgang verließ das Zimmer wieder. Im Flur zog er sich die Jacke an und ging vor das Haus, den Schnee beräumen. Nach einer Weile war die Auffahrt frei und er ging noch einmal kurz in das Haus zurück. Als er an der Küche vorbeikam stutzte er wieder. Sie stand, nur in der Jacke, die bis über den Hintern reichte, mit dem Rücken zu ihm an der Kaffeemaschine. Alles an ihr war wieder Ruth! Die Haare, das abgewinkelte Bein, die Bewegungen. Alles! Dann drehte sie sich um und sagte „Ich habe dir einen Kaffee gemacht. Möchtest du Milch und Zucker?" „Danke dir. Nur Milch." antwortete er. Sie waren unbewusst beide vom „Sie" zum „Du" gewechselt, wie er erstaunt bemerkte.

Sodann setzte er sich an den Tisch. Karo schob ihm die Tasse zu und holte sich ihre. Zusammen tranken sie schweigend Kaffee. Nach ein paar Minuten sagte er „Ich muss nun los. Bis heute Abend." die Frau nickte und er holte seine Tasche. Worauf er sich auf dem Weg zur Arbeit machte, aber in Gedanken war er noch zu Hause. Bei Karo, wie er erstaunt feststellte. Bei Karo? Nicht bei Susi?

Arbeitstag. Bürotag. Wie immer. „Frau Müller." „Herr Folhauser." Die letzten zwei Tage waren Inventur. Alles musste gezählt werden. Aber etwas stimmte nicht. „Frau Müller. Können sie mir mal beim nachzählen helfen?" fragte er und Susi ging mit ihm los. Im Schmiermittellager konnte etwas nicht richtig sein. Nach der Liste war da ein Fass zu viel. Zusammen zählten sie zwei Mal. Dabei war er Susi, die aufschrieb, so nah, dass er ihren Duft riechen konnte. Dieser war grundverschieden zu Karo und Ruth. Dann fanden sie ein leeres Fass zwischen den vollen. Alles geklärt. Als er Susi küssen wollte, zuckte diese zurück. „Nicht hier. Hier stinkt es!" sagte sie und verließ fluchtartig das Lager.

Im Büro angekommen wartete schon die Sekretärin auf ihn. „Der Chef will sie sehen. Sofort!"

Er rechnete noch einmal alles durch. Aber bis auf das Techtelmechtel mit Susi bei der Weihnachtsfeier hatte er sich nichts zu Schulden kommen lassen. Hatte das jemand gesehen? Sein Hals schnürte sich zu, als er den Gang entlang der Sekretärin folgte. Schließlich war er in dem Zimmer. „Mein lieber Folhauser." begann der Chef und nach solch einer Ansprache konnte nichts Negatives mehr kommen. Oder doch?

Der Mann lobte ihn und erzählte, dass er einen neuen Stellvertreter brauchte, schon mit dem Vorstand gesprochen hatte, und das er das sein sollte. Für die Entscheidung gab er ihm bis Anfang Januar Zeit, dann war Wolfgang wieder draußen. Stellvertreter vom Chef? Mit Aussicht darauf, bald selbst hier Chef zu sein? Er sagte zu niemanden etwas und arbeitete still ganz normal den Rest des Tages weiter. Am Abend fuhr er nach Hause und Susi klebte mit ihrem Auto an seiner Stoßstange. Gemeinsam betraten sie das Haus und wurden von Karo begrüßt. „Sie sind ja auch noch da." sagte Susi überrascht und Karo entgegnete „Wir waren rodeln und Ski fahren. Morgen gehen wir auf den Weihnachtsmarkt."

„Sie bleiben noch einen Tag?" fragte Wolfgang erfreut „Wenn ich darf?" entgegnete Karo, was er ihr nickend zugestand. In Gegenwart von Susi waren sie seltsamerweise wieder beim „Sie" angekommen. So als wäre das „Du" etwas Verbotenes. Susi riss ihn mit einem Kuss aus seinen Grübeleien. Nach dem Abendessen zeichnete Karo mit Sofie am Kindertisch, während er mit Susi einen Film sah. Später bemerkten sie, dass Karo zu Sofie, die scheinbar schon schlief, in das gemeinsame Kinderbett ging. Das Rauschen der Dusche war das Signal für Susi, ihn hinter sich her in das Schlafzimmer zu ziehen.

Ziemlich stürmisch entledigten sie sich gegenseitig ihrer Sachen und Susi zog, sich nackt vor ihm bückend, eine Schachtel Kondome aus ihrer Hosentasche. „Du machst es ja nur mit!" sagte sie lächelnd und zog ihn hinter sich her zum Bett. Danach versuchte sie eine halbe Stunde lang all das, was sie gelernt, gelesen oder gehört hatte, um ihn in Stimmung zu bringen. Doch er war zu keiner Regung mehr fähig, nachdem er bei ihr im Bett lag.

Drei Frauen flogen durch seine Gedanken: Ruth, Karo und Susi. Dabei verglich er die Frauen miteinander. Susi war wirklich wunderschön, aber reichte das? Brauchte man mehr? „Was denkst du?" fragte sie schließlich, nachdem sie

sich neben ihn gelegt und ihre Bemühungen auf-
gegeben hatte.

„An das Gespräch mit dem Chef." log er. „Du
als Chef, das wäre doch toll. Sage zu!" „Woher
weißt du das?" fragte er „Man hört so einiges!"
sagte Susi und zog die Decke über sich. Aneinander gekuschelt schliefen sie bald darauf ein. Doch
in seinem Traum stand er nun zwischen drei
Frauen. Drei? Es wurde immer komplizierter!

17. Kapitel

Gedanken in der Nacht

Den ganzen Tag war Karo mit Sofie unterwegs gewesen. Sie mochte das Mädchen, mit dem sie nun zusammengekuschelt im Bett lag. Wie immer hatte sich der Kater dazwischen gedrängelt. Wie immer? Es war doch erst die zweite Nacht in dem schmalen Kinderbett und doch kam es ihr so vor, als ob sie das Mädchen schon ewig kennen würde. Nun war sie wach, die andern Beiden in dem Bett schliefen schon lange. Im Schein eines bunten Nachtlichtes sah sie zu dem Mädchen hinüber, dessen Kopf direkt vor ihr lag. Sie spürte jeden Atemzug. Irgendwie gab es da eine Verbindung und gleichzeitig musste sie auch daran denken, keine allzu nahe Bindung zu ihr aufzubauen.

Noch eine Nacht und sie würden sich nie mehr wiedersehen! Karo war ja nur wegen Aramis hier. Oder wegen Strolchi, wie man eben wollte. Der Vater war auch sehr attraktiv, aber Susi hatte ja unmissverständlich ihre Besitzansprüche klar gemacht. Und selbst wenn er alleine gewesen wäre, so wäre sie im Moment sicher nicht für ihn bereit gewesen. Warum kam eigentlich der Schlaf nicht endlich? Sie sah zur Uhr und las „01:56" in rotglühenden Zahlen.

Sofie war vom Rodeln so müde gewesen, dass sie ohne ein Widerwort schon um sechs im Bett gewesen war. Sie selbst hatte dann noch am Kindertisch gesessen und den Film mitangesehen, den die beiden anderen auf dem Sofa ansahen. Eng umschlungen hatten sie dort gesessen und anscheinend keinerlei Notiz von ihr genommen. Natürlich war es ein Liebesfilm gewesen und der Schmerz um Bernd hatte ihr einen Stich gegeben. Noch vor dem, sicherlich romantischen, Ende des Filmes war sie sich Duschen gegangen. Unter dem warmen Wasserstrahlen hatte sich die Angst um das kommende Weihnachtsfest wieder in ihr Herz geschlichen. Da würde sie nun sicher alleine sein. „Mistkerl!" hatte sie wieder gestöhnt und erneut an Bernd gedacht. Das Wasser hatte anschließend die Tränen abgewaschen und fortgespült.

Auch diese Nacht hatte sie die zu große Schlafanzugjacke angezogen, aber die Hose hatte sie gleich im Bad liegen gelassen. Alles war nach dem warmen Wasser auf der Haut endlich gut gewesen und nun lag sie hier. Sie lauschte in die Nacht, aber da war Stille im Haus. Vermutlich war sie als einzige noch wach. Die anderen Beiden lagen im Nachbarzimmer, denn Susi war diesmal nicht nach Hause gegangen. Schade eigentlich, denn sie hatte gehofft, noch einmal mit Wolfgang reden zu können, so wie am Abend zuvor. Nur war dem Mann sicher heute nicht nach reden gewesen. Bei ihm hatte der Liebesfilm sicher geholfen. Bei ihr nicht!

Irgendwann war sie dann doch eingeschlafen und wurde von einer sanften Berührung an der Schulter geweckt. Sie sah auf und erkannte Wolfgang. „Guten Morgen." flüsterte er und sie antwortete ihm „Morgen. Ich geh Kaffee machen." schnell war sie aus dem Bett und Wolfgang ging Schnee schieben. Als sie zur Küche ging, kam Susi nackt aus dem Schlafzimmer und ging zum Bad. Die beiden Frauen nickten sich zu. Susi war wirklich eine bildhübsche Frau und war sich dessen auch bewusst. Karo sah ihr noch nach, bis die Frau im Bad verschwunden war.

Wenig später lief der Kaffee durch die Maschine. Diesmal für drei Tassen. Wie zu erwarten war, nahm Susi ihren mit viel Milch und Zucker. Mit einer lasziven Bewegung warf die Frau ihr Haar nach hinten und das war wohl mehr ein Zeichen für Karo, als für den Mann, der das kaum wahrnahm. Sie tranken zusammen die heißen Getränke aus und erst nachdem sie alleine in der Küche stand, stellte sie fest, dass sie die Hose vergessen hatte. Danach räumte sie auf und anschließend weckte sie Sofie. Nachdem sie dem Mädchen das Frühstück gemacht hatte, brachen sie gemeinsam zum Weihnachtsmarkt auf, wo sie fast den ganzen Tag blieben. Karussell fahren, Lose kaufen, Bratwurst essen und natürlich der berühmte Dresdener Stollen.

Es war ein sehr schöner Tag und als sie wieder auf dem Heimweg waren, da fragte Sofie plötzlich „Bleibst du zu meinem Geburtstag? Der ist morgen?" „Wenn du es möchtest und dein Vater zustimmt." antwortete sie. „Kommen denn deine Klassenkameraden zu einer Party bei dir?" fragte sie und Sofie blieb stehen. „Ich habe sie nicht eingeladen. Wegen Mutti. Im letzten Jahr hatte sie die Feier vorbereitet. Aber dieses Jahr?" „Rufe deinen Vater an. Wenn er zustimmt, dann bereite ich die Feier vor." sagte Karo und hielt ihr das Telefon hin.

Schnell wählte das Mädchen und fragte, dann nickte sie zustimmend. „Na dann lade deine Freunde ein. Wie viele werden es wohl?" „Zehn oder zwölf." sagte Sofie aufgeregt, während sie schon die erste Nummer wählte. Da sie gerade vor einem Laden standen, kaufte Karo alle Zutaten für drei Torten ein und was man sonst noch so für einen Kindergeburtstag brauchte, während Sofie vor dem Geschäft ihre Freundesliste abtelefonierte. Schwer bepackt erreichten sie das Haus wieder. Dann ging es an das Backen der Torten, was ihnen Beiden viel Spaß machte.

Als Wolfgang nach Hause kam waren zwei Torten schon fertig, aber die Küche sah wie ein Schlachtfeld aus. „Guten Abend. Nach der nächsten Torte räume ich hier noch auf." sagte Karo lachend und Sofie fiel ihrem Vater mit mehlbestäubten Händen um den Hals. Wie versprochen war die Küche zum Abendbrot auch wieder aufgeräumt. „Kommt Susi heute auch?" fragte Karo, als sie den Tisch deckte. Doch Wolfgang schüttelte den Kopf „Die hat heute etwas anderes vor." sagte er schließlich und Karo räumte den nun überzähligen Teller zurück in den Schrank. Es gab Brot, Käse, Wurst und Tee. Für etwas anderes hatte die Zeit nicht gereicht. Sofie schwärmte schon von der kommenden Party. Es war nicht so einfach, sie danach wieder in ihr Bett zu bekommen. Doch schließlich konnte sich Karo wieder in die Stube setzen.

Diesmal hatte sie ein weites Hemd von Ruths Sachen gewählt, dass aber nicht ganz bis oben zu schließen war, wie sie nun feststellte. Ein Knopf fehlte, aber sie wollte für den Abend nicht erst noch etwas anderes suchen. So saßen sie wenig später auf dem Sofa und sie vergaß das Hemd einfach. Bei Wein und Chips unterhielten sie sich und Karo stellte fest, dass der Mann auch noch keine zwanzig Kilometer von ihrer Heimatstadt, am anderen Ende des Landes, geboren worden war. Wo er und Ruth auch aufgewachsenen waren. Daher konnten sie sich nun auch darüber unterhalten. Über die Berge und die Jugend. Für einen Moment fielen sie in den Akzent der Heimat, um dann lachend wieder „normal" zu reden.

Um sich ein paar Chips aus der Schüssel auf dem Tisch zu angeln, beugte sich Karo weit vor, dabei verrutschte ihr Hemd und sie spürte den Blick des Mannes in ihrem Ausschnitt. Schnell hielt sie das Hemd zu und ging mit dem Oberkörper zurück. Das lockere Gespräch stockte und sie wurde ernst. So hatte sie den Mann eigentlich nicht eingeschätzt, aber sein Blick lag immer noch auf ihrer Brust, die sie nun mit der Hand verdeckte. Zweifelnd sah sie in sein Gesicht. Für einen Moment wusste sie nicht, was sie tun sollte. Sie war hier mit ihm alleine! Anscheinend merkte er ihre Zweifel, denn er sagte erklärend. „Ruth

hatte an derselben Stelle wie du einen Leberfleck." „Das glaube ich dir nicht." sagte Karo, die
das für eine Ausrede hielt. Doch der Mann stand
auf und holte ein Buch aus einem Schrank.

Er reichte es Karo und schlug es auf. Nach ein
paar Seiten sah Karo ein Bild am Strand. „Das
war vor vier Jahren an der Ostsee." sagte der
Mann und Karo sah ein Foto von Sofie und ihrer
Mutter im Bikini. Und wirklich war da genau an
derselben Stelle wie bei ihr ein kleiner Leberfleck
zu sehen. Karo blätterte weiter. Der Mann konnte
nun nicht mehr zusehen. Tränen waren in seinen
Augen bei der Betrachtung der alten Bilder.
Schließlich legte sie das Buch zurück. Wolfgang
ging wortlos in sein Zimmer und ließ sie alleine
in der Stube zurück. Leise folgte sie ihm und hörte ihn durch die geschlossene Tür weinen.

Karo räumte in der Wohnstube auf und löschte anschließend das Licht. Dann ging sie unter die
Dusche. Im Spiegel sah sie sich danach den Leberfleck an. Was konnte das bedeuten? War das
nur Zufall?

18. Kapitel

Ein Schmetterling im Winter

Sie mochte diese Frau wirklich. Und das nicht nur, weil sie ihr den geliebten Freund zurückgebracht hatte. Der kleine Kater schlief noch zwischen ihnen, aber Sofie war schon wach. Heute war ihr Geburtstag und sie sah an der Frau vorbei zu dem Bild auf dem Nachttisch. Im letzten Jahr hatte ihre Mutter das kleine Fest vorbereitet. In diesem Jahr hatte Susi es abgelehnt und der Vater war damit überfordert gewesen. Diese Frau hier, die gerade in ihrem Bett schlief, hatte sofort zugesagt und alles vorbereitet. Seit ein paar Tagen kannte sie Karoline erst und doch fühlte sie sich bei ihr unglaublich geborgen.

Es waren zwei Tage des Spaßes gewesen. Ein Tag mit Rodeln am Hang, bis sie beide nicht mehr konnten, und ein Tag auf dem Weihnachtsmarkt, mit all dem, was ein Weihnachten so ausmachte. Stollen, gebrannte Mandeln, Zimtsterne und Dominosteine. Aber leider ohne die geliebte Mutter. Tränen stiegen ihr in die Augen und tropften auf das Kissen. Das Bild verschleierte sich und wurde undeutlich. Plötzlich strich eine

Hand ihr die Tränen ab. „Weine nicht." sagte die Frau und setzte dann, nach einem Blick zum Wecker, hinzu „Alles Gute zum Geburtstag." „Danke dir." antwortete Sofie „Ich musste an Mutti denken. Wo ist sie jetzt?" die Frau nahm das Bild und legte es auf das Kissen zwischen ihnen. „Deine Mutti ist immer dort." dann tippte sie auf Sofies Brust „Für ewig in deinem Herzen." das Mädchen nickte und wischte sich die Tränen aus dem Gesicht.

Der Kater gähnte und begann seinen Kopf an ihrem Gesicht zu reiben. Das kitzelte so, dass sie lachen musste. Fort war die Trauer. Die Frau stand auf, ging schnell aus dem Zimmer und kam wenig später zurück. Sie hatte eine silberne Haarspange in der Hand, auf der ein kleiner Schmetterling abgebildet war. Schnell legte sie sich zurück in das Bett, schließlich war es draußen noch dunkel, und steckte ihr die Spange in das Haar. „Ich habe leider kein anderes Geschenk für dich." sagte sie und Sofie zog die Spange heraus.

Im Schein des Nachlichtes betrachtete das Mädchen das Schmuckstück und sagte „Die ist aber wunderschön. Mama hat auch Schmetterlinge geliebt." wieder kamen Tränen in ihre Augen. Dann begann sie zu erzählen, wie sie zusammen

mit der Mutter den Garten hinter dem Haus ange-
pflanzt hatten. Ganz viele Blumen hatten sie dort
in den Beeten gesät und dann hatte die Mutti es
nicht sehen können. Vor der ersten Blume war sie
schon gestorben. Aber im Sommer waren immer
ganz viele Schmetterlinge hinter dem Haus gewesen. Sie wischte sich die Tränen ab und steckte
sich den Schmetterling zurück in ihr Haar. „Versuche noch zu schlafen. Es ist noch mitten in der
Nacht." sagte die Frau und der kleine Kater presste sich an Sofie. Er schnurrte so laut und sein
Brummen ging durch ihren ganzen Körper.

Da der Kater nun etwas Platz gemacht hatte
konnte die Frau näher an sie heran rutschen und
nahm sie tröstend in den Arm. Zusammen schliefen sie alle drei wieder ein, bis der Vater in den
Raum kam. „Alles Gute, mein Schatz." sagte er,
beugte sich über die schlafende Frau und gab
Sofie einen Kuss auf die Stirn. Damit weckte er
aber auch den Kater und der wiederum weckte
dann die Frau. „Ich gehe schnell Kaffee machen."
sagte die Frau, doch der Vater sagte „Nicht nötig,
der läuft schon. Kommt dann einfach zum Frühstück. Die Brötchen backen gerade auf. Und dein
Geschenk wartet auch schon auf dich." „Ich habe
mein erstes Geschenk schon erhalten." sagte Sofie und zeigte auf den Schmetterling. Der Vater
betrachtete kurz die Spange, nickte und verließ

den Raum. Die Frau streckte sich in dem kurzen Bett, wobei ihre Arme und Füße gegen die Umrandung stießen, dann stand sie auf.

Damit war der Weg aus dem Bett und zum Geschenk für das Mädchen frei. Sofie sauste an der Frau vorbei und war noch vor dem Vater in der Küche. In Sekunden war die Verpackung zerfetzt und das neue Puppenhaus ausgepackt. Es hatte sogar einen Garten. Das Mädchen zog sich die Spange aus dem Haar und legte sie dort hinein. Als sie sich umdrehte sah sie, dass die Frau Tränen in den Augen hatte.

Ihr gefiel es sicher nicht, dass sie das Geschenk so benutzte, doch als sie den Schmetterling heraus nehmen wollte, sagte Karoline „Nein! Lass ihn dort!" Sofie nickte und begann sofort damit zu spielen, bis der Vater sie zum Frühstück an den Tisch rief. Nur wiederwillig ließ sie von ihrem Puppenhaus ab. Schnell verschlang sie das halbe Brötchen. Die Frau fragte „Wann treffen den deine ersten Freundinnen ein?" „Um elf!" antwortete Sofie und sah zur Uhr, da konnte sie vor dem Waschen noch eine Stunde spielen. Darum schleppte sie das Puppenhaus zum Sofa und der Kater war der erste Gast in dem Haus.

Nach einer Weile kam Karoline und sagte „Wenn du deine Gäste nicht im Schlafanzug begrüßen willst, dann wäre jetzt das Bad für dich frei." schnell wusch sie sich und hatte dann, zusammen mit der Frau, ihr schönstes Kleid ausgewählt und angezogen.

Wenig später kamen die ersten Freundinnen und die Party ging los. Musik, Spiele und die Torte mit den zwölf Kerzen, bestimmten den Rest des Tages. Am Abend fiel sie erschöpft in ihr Bett und erzählte dem Kater noch einmal alles, aber der war ja dabei gewesen. So nickte er nur, kuschelte sich an sie und gähnte sie an.

Im Einschlafen sah sie auf das Bild und fasste sich an den Schmetterling, den sie sich wieder in das Haar gesteckt hatte. Karoline war noch nicht da, aber der Vater kam zum Gute-Nacht Kuss zu ihr an das Bett. Dann schlief sie ein und als sie später wieder aufwachte, kam Karoline gerade in das Bett. Es würde ihre letzte gemeinsame Nacht werden, denn die Frau wollte ja am nächsten Tag wieder abreisen. Das fühlte sich an, als würde eine gute Freundin sie verlassen.

„Behalte immer deine Mutti in deinem Herzen." hörte sie Karoline flüstern, dann schlief sie
wieder ein. Im Traum sah sie die Mutter, die sich
in einen Schmetterling verwandelte und auf ihren
Kopf setzte. Sie wachte davon auf und griff sich
an diese Stelle. Der silberne Schmetterling war
im Schlafen verrutscht und lag nun direkt unter
ihrer Hand. „Ich liebe dich." flüsterte Sofie und
schlief weiter. Vielleicht würde der Traum sich ja
fortsetzen.

19. Kapitel

Ein schwerer Heimweg

Sie schlug die Augen auf und es war schon hell in dem Zimmer. Hatte sie verschlafen? Karo richtete sich auf und sah zum Wecker. Es war schon halb zehn! Der vorhergehende Tag, der leckere Wein am Abend und der schnurrende Kater hatten sie lange schlafen lassen. Und Wolfgang hatte sie nicht geweckt. Na klar, er hatte ja nun auch Urlaub. Sie stand auf, gähnte und streckte sich. Dann gab sie Sofie einen Kuss und wusste eigentlich nicht, warum. Es war ein Reflex gewesen, aber das Mädchen war ihr so ans Herz gewachsen. Doch der Abschied kam unaufhaltsam auf sie zu.

Karo ging zur Küche, setzte den Kaffee auf und schlurfte, noch halb im Schlaf, in das Bad. Als sie die Tür öffnete, stand Wolfgang dort, der gerade aus der Dusche kam. Einen Augenblick zu lange sah sie ihn an, bis sie mit dem Wort „Entschuldigung." das Bad wieder verließ. Er war gut gebaut, aber das hatte sie von Bernd auch gedacht. Genauso hatte es, mehr wie eine Woche zuvor, auch mit dem attraktiven Tierarzt begonnen. Mit einem Treffen im Bad! Und nun? Ihr fiel die leere Wohnung wieder ein. Sollte sie doch zu den Eltern fahren? Die Badtür ging auf. Wolfgang hatte sich das Handtuch um die Hüften geschlungen und sagte lächelnd „Das Bad ist nun frei." schnell schlüpfte sie hinein, bevor er sah, dass sie bis zu den Ohren rot wurde. Sorgfältig verschloss sie die Tür und ging unter die Dusche. Nachdem sie sich abgetrocknet hatte, stellte sie fest, dass sie nur ihre Unterwäsche hier im Bad hatte. Die restlichen Sachen lagen, fein säuberlich zusammengelegt, in Sofies Zimmer. Nur in Slip und BH huschte sie über den Flur. Und natürlich rannte sie, wie zu erwarten gewesen war, dabei fast den Mann über den Haufen, der gerade aus seinem Zimmer kam und hinüber zur Küche wollte.

Schnell senkte sie ihren Blick und ging in das Kinderzimmer. Zwei peinliche Momente an einem Morgen waren genug. Sofie stand gerade auf und der Kater räkelte sich auf dem Kopfkissen. Schnell packte Karo ihre paar Habseligkeiten ein und ging zur Küche hinüber. Für ein paar Momente senkte sie den Blick, da sie ihm nicht in die Augen sehen wollte. Noch war ihr das Zusammentreffen peinlich. Dann reichte er ihr die Tasse und ihre Hände berührten sich. Doch nichts passierte. Sie dankte ihm und sah zu ihm hinüber. Gerade drehte sich der Mann zum Herd um. Zum ersten Mal war sie vollständig angezogen beim Frühstück, wie ihr gerade einfiel.

Sofie erschien mit dem Kater im Arm in der Küche und rieb sich die Augen. Zusammen setzten sie sich an den Tisch. Es gab sogar Croissants, wo auch immer Wolfgang die so schnell hergezaubert hatte. Gedankenverloren rührte Karo in ihrem Kaffee und tunkte das gebogene Backwerk dort ein. Ihr schien es so, als wolle sie die Zeit so lange wie möglich dehnen. Doch irgendwann würde sie ja aufbrechen müssen. Das hier war eine fremde Familie!

Trotzdem musste sie sich richtig losreisen, traurig verabschiedete sie sich von Sofie und von Wolfgang. Aramis strich ihr um die Beine und sie kraulte ihm den Kopf. Langsam, fast wie in Zeitlupe, zog sie die Jacke an und ging zu ihrem Auto. Von dort winkte sie noch einmal, stieg ein und drehte den Zündschlüssel. Nichts passierte. Alles blieb dunkel. Hatte sie das Licht angelassen? Oder die Sitzheizung? Jedenfalls war wohl die Batterie leer. Offensichtlich wollte noch nicht mal das Auto von hier weg. Also stieg sie wieder aus und klappte den Motorraum auf. Unsicher sah sie unter die Haube. Wie war das noch mal mit der Batterie? Sie zupfte mehr unschlüssig an allen

Kabeln, aber das würde alles nichts bringen. Dann dachte sie an die Fahrschule zurück und was der Fahrlehrer ihr da erzählt hatte, aber es fiel ihr nicht mehr alles ein.

Zum Glück kam Wolfgang zu ihr herüber. „Können sie mir Starthilfe geben? Ich glaube meine Batterie ist leer." Karo stellte in Gedanken fest, dass sie wieder zum „Sie" gewechselt war. Vielleicht war das schon ein Signal der Trennung für sie. „Na klar." sagte der Mann und ging in die Garage. Mit einem Kabel kam er zurück und klemmte es an. Karo startete und der Wagen lief. Der Mann zog das Kabel ab, schloss die Klappe und winkte ihr zu. Langsam rollte Karo davon.

Der gleiche Weg zurück, den sie am Sonntag gefahren war. Aus dem Radio dudelte ein Weihnachtslied nach dem anderen und erinnerte sie lautstark daran, was ja nun kommen würde. Ein Weihnachtsfest ganz alleine! Ging das überhaupt? Das war doch eigentlich ein Familienfest, nur dass ihre Familie eben ganz weit weg war. Sie dachte zurück an die kleine Familie, die sie ja gerade verlassen hatte. Sicher würden sie alle zusammen mit Susi unter dem Weihnachtsbaum feiern. Und was war mit ihr? Warum hatte sich Bernd eigentlich die ganze Zeit nicht mehr gemeldet? Es war schon seltsam, so als ob er nur für die Suche an ihre Seite gestellt worden war und danach einfach aus ihrem Leben verschwunden war.

Oder wollte der wirklich nur mit ihr ins Bett? Etwas sträubte sich in ihr immer noch gegen den Gedanken, doch eigentlich lag er ja auf der Hand. Wie sollte sie das Schweigen des Mannes sonst deuten? Und nun? „Ich möchte auch ein schönes Weihnachtsfest!" rief sie laut in ihrem Auto und sah nach oben zu der grauen Decke aus Wolken, die sicher jede Menge Schnee im Gepäck hatten. Da musste sie nun noch schnell nach Hause, bevor diese Ladung herunter kam und vielleicht die Schnellstraße verstopfte. Eine Nacht auf der Autobahn wollte sie lieber nicht erleben. Daher trat sie auf das Gaspedal und das Auto fuhr nun schneller. Wenig später zog ein Fahrzeug des Winterdienstes an ihr vorbei und sie setzte sich einfach dahinter. Damit war zumindest der schon gefallene Schnee vor ihr zur Seite geschoben.

Nach etwas mehr wie zwei Stunden bog sie in ihre Straße ein und parkte vor dem Haus. Beim Aussteigen sah sie ein Schild am Fenster der Tierarztpraxis. Um es genauer lesen zu können ging sie näher heran. „Wegen Urlaub geschlossen." stand darauf. Urlaub? Davon hatte Bernd ihr am Freitag nichts gesagt. Und wenn er Urlaub hatte, warum hatte er sich dann nicht gemeldet? Noch ein prüfender Blick auf das Telefon, aber da war kein Anruf seit Sonntag mehr gewesen. „So ein Schuft!" dachte Karo wieder und setzte in Gedanken hinzu „Die Männer sind doch alle gleich!" dabei fiel ihr dann wieder Wolfgang ein.

Nicht alle Männer. Aber vermutlich alle, mit denen sie was anfing. Seufzend machte sie sich auf den kurzen Weg zu ihrer Wohnung. Im Hausflur öffnete sie den Briefkasten. Ein Stapel Werbung, zwei Briefe und ein kleiner Zettel. „Es tut mir leid." stand darauf. Keine Unterschrift. Nichts! Von wem kam wohl diese Notiz? Von Siglinde? Bernd? Ihrem Ex-Freund? Egal! Sie knüllte den Zettel zusammen und warf ihn in die Werbezettelbox, die der Hausmeister jeden Tag in die Papiermülltonne entleerte. Dort warf sie auch den beachtlichen Stapel Werbeflyer hinein und sah sich die beiden Briefe an. Von der Mutter und der Schwester.

Langsam stieg sie zu ihrer Wohnung hinauf. Die Wohnung war leer und kalt. Katzenkorb und Futternapf standen verwaist herum. Sie hatte sie bei ihrem Aufbruch nicht weggeräumt. Karo hatte aber beschlossen, sich im Januar ein neues Kätzchen zu holen und deshalb ließ sie einfach alles schon so stehen. Dann drehte sie die Heizung hoch und behielt die Jacke erst einmal an. Es dauerte eine ganze Weile, bis es wieder warm war. Und nun? Immer die gleiche Frage.

Wegfliegen oder wegfahren?

Auf dem Sofa sitzend begann sie die beiden Briefe zu lesen, aber eigentlich waren es nur ganz kurze Zeilen. Was man so vor Weihnachten so schrieb. Karo sah zu dem kleinen, künstliche Weihnachtsbaum und fragte sich, ob es wohl Sinn machen würde, in die Berge zu fahren? Die junge Frau legte sich zurück, zog sich eine Decke über die Beine und starrte zur Zimmerdecke hinauf, so als ob sie von dort eine Antwort erhoffte. Das konnte ja ein tolles Fest werden!

20. Kapitel

Der Baum der Bäume

Nur etwas mehr wie drei Tage war die Frau in ihrem Hause geblieben und das hatte sein Leben komplett durcheinander gebracht. Eigentlich war er ja mit Susi zusammen. Mehr oder weniger, wie man es so nahm. Doch jetzt fühlte sich das irgendwie falsch an. Gleichzeitig dachte er aber auch daran, dass er die andere Frau, Karo, wohl niemals wiedersehen würde. Ein echtes Dilemma! Die ganze Nacht hatte er hin und her überlegt und war doch zu keinem Ergebnis gekommen. Es gab nur eine Lösung und die war unglaublich schwer: er musste Karo aus seinem Gedächtnis streichen. Aber würde das gehen? Es ging nur, wenn er sich von ihr ablenkte.

Im Moment hatte er Urlaub und damit auch noch jede Menge Zeit zum Grübeln. Es brauchte eine Beschäftigung, damit die Zeit schneller verging. Wolfgang ging zu Sofie in das Zimmer und weckte sie, dann machte er Frühstück. Auf dem Weg zur Küche war ihm aufgefallen, dass sie ja noch keinen Baum hatten. In der Aufregung um den Kater und dann durch den Besuch der

Frau, hatte er vergessen, auf dem Weihnachtsmarkt einen Baum zu kaufen. Nun ging es schon auf den dritten Advent zu und er musste einen Baum besorgen.

Dabei gab es nun zwei Möglichkeiten: eine Schnelle und eine Langsame. Die Schnelle war, auf dem Weihnachtsmarkt für ein paar Euro einen Baum zu kaufen. Die langsamere Variante war, im Wald, mit Sofie und einem Förster, einen Baum auszusuchen und in das Haus zu holen. In Anbetracht seiner vorhergehenden Überlegungen entschied er sich für diese zweite Option. Da Sofie noch etwas trödelte rief er einen Bekannten an, der auch noch Förster war. Sie sprachen sich für den Mittag ab und danach rief Wolfgang nach der Tochter, die mit dem Kater im Arm, aber immer noch ungewaschen, in die Küche kam.

Doch schließlich hatte sie ja Ferien. Sein Vorschlag, einen Baum auszusuchen, wurde von ihr begeistert aufgenommen. Während sich Sofie wusch und anzog, verlud er schon den Schlitten und eine Säge in das Auto. Dann fuhren sie zusammen das kleine Stück, bis zu der Schonung, wo sein Freund sie schon erwartete. Zu dritt stapften sie durch den knietiefen Schnee. Sofie blieb dabei immer in seinen Spuren. Sie hätte sich auch auf den Schlitten setzen können, doch das hatte sie abgelehnt. „Ich bin doch schon groß und kein kleines Kind mehr!" wie die Tochter bemerkte und er ihre Meinung schmunzelnd entgegennahm.

Es war ein ganz schönes Stück durch diesen beginnenden Wald. Am Anfang standen nur kleine Bäumchen, die wohl noch zwei oder drei Jahre brauchen würden, bis sie Weihnachtsbäume werden konnten. Dann wurden die Bäume höher und nach einer halben Stunde standen sie endlich in der Reihe mit den Bäumen, die genau die richtige Größe hatten. Alle so um die zwei Meter hoch. Er drehte sich zu Sofie um und sagte „Suche du den schönsten Baum für uns aus." Sofie nahm die Säge und sah sich um. Sie folgten dem Mädchen, das durch die Reihen ging. Immer wieder blieb sie stehen und sah sich einen Baum an, dann wechselte sie zum nächsten. Langsam kam das Ende der Reihe immer näher. Noch immer hatte sich die Tochter nicht für eines der schönen Bäumchen entschieden und daher versuchte ihr der Förster die Vorzüge der einzelnen Bäume zu erklären, aber jedes Mal schüttelte Sofie den Kopf.

Am letzten Baum blieb sie stehen und sagte „Den da!" dabei zeigte sie mit der Säge auf ein Bäumchen, dass wohl kaum auf dem Weihnachtsmarkt verkauft werden konnte. Der Förster versuchte nun alles, Sofie von einem anderen Bäumchen aus der Reihe zu begeistern, doch die Tochter beharrte auf ihrer Entscheidung. Wolfgang schob die Mütze ins Genick und umrundete den Baum. Er hatte nicht viele Zweige und sah eher einem Besenstiel ähnlich. Doch Sofie rief wieder „Den oder keinen!"

Dann nahm Wolfgang ihr die Säge ab und Sofie erklärte „Du hast mir doch gesagt, dass es bei Weihnachten um die Liebe geht. Dieser Baum möchte auch ein schöner Baum sein und geliebt werden. Bei uns kann er schön sein." Wolfgang und der Förster sahen sich betreten an. Schließlich lachten sie beide. Der Förster hielt den Baum und Wolfgang setzte die Säge an. Nachdem der Förster den Baum verpackt und auf den Schlitten gelegt hatte sagte er zu Sofie „Ich schenke dir den Baum. Bei dir wird er sicher ein schönes Fest haben." die Tochter strahlte ihn an und legte die Säge auf den Schlitten. Dann zogen sie das Bäumchen zum Auto.

Sie verabschiedeten sich mit einem Händedruck von dem Förster und fuhren heim. „Wir
lassen das Bäumchen aber noch im Garten hinter
dem Haus. Sonst verliert es zu früh seine Na-
deln." sagte Wolfgang und Sofie schaltete das
Radio ein. Gerade kam „Oh Tannenbaum." und
sie sangen beide laut mit. Vielleicht sang auch
der Baum, oder es war nur der Fahrtwind, der an
seinen verpackten Zweigen auf dem Autodach
zog.

Endlich wieder in der warmen Wohnung gab
es Kaffee, Kakao und Stollen. Gerade als er sich
fragte, warum sich Susi noch nicht gemeldet hatte, klingelte das Telefon. Die Frau sagte, dass sie
noch eine Überraschung für Weihnachten vorbe-
reiten musste, aber am nächsten Tag zum Kaffee
vorbei kommen würde. Eigentlich war es seltsam,
dass die Frau so lange fernblieb. Wieder klingelte
das Telefon. Es war Karo und Sofie riss ihm das
Telefon aus der Hand, nachdem er sie begrüßt
hatte. Sie beschrieb den schönsten Baum, den sie
gefunden hatte und Wolfgang musste schmun-
zeln, mit welcher Vorstellungskraft das Mädchen
den geschmückten Weihnachtsbaum darstellte.

Er würde alles dafür tun, damit der Baum
dann auch wirklich so aussah, wie die Tochter ihn

haben wollte. Dazu würde er noch ein paar zusätzliche Zweige brauchen und die musste er sich am nächsten Tag von den Resten der Bäume auf dem Weihnachtsmarkt holen. Der lange Tag im Schnee sorgte dafür, das Sofie noch vor dem Abendbrot mit dem Kater im Arm auf dem Sofa einschlief. Alle Weckversuche blieben erfolglos und so musste er ihr den Schlafanzug anziehen und sie, sowie den schnarchenden Kater, in das Bett bringen.

Danach setzte er sich mit einem Bier auf das Sofa und dachte daran, wie ähnlich Sofie ihrer Mutter wurde. Ruth hätte sicher denselben Baum gewählt. Er war richtig stolz auf die Tochter und gleichzeitig kam der Schmerz um die verlorene Frau zurück. Tränen stiegen ihm in die Augen. Plötzlich legte sich der Kater auf seinen Schoß und schnurrte ihn an. Beim Kraulen des kleinen Tiers verschwand der Kummer schnell wieder.

Er war ein richtiger Seelentröster und Wolfgang dankte Karo in Gedanken, dass sie ihnen den kleinen Freund zurückgebracht hatte.

21. Kapitel

Weihnachtserinnerungen

Es war der Sonnabend vor dem dritten Advent. Nicht mal mehr anderthalb Wochen bis Weihnachten. Karo hatte sich mit einer Decke auf dem Sofa eingerollt. Nachmittag war es und damit eigentlich Stollenzeit, doch sie hatte keine Lust aufzustehen. Den Katzenkorb, der dem Sofa genau gegenübergestanden hatte, hatte sie nun doch in den Schrank geräumt. Zu sehr hatte er sie an den kleinen schnurrenden Freund erinnert. Weihnachten! Wie hatte sie dieses Fest als Kind geliebt. Alle waren zusammen. Die ganze Familie an einem Tisch. Singen, lachen und spielen. Weihnachtsschmuck, glänzende Augen, Weihnachtslieder und ein geschmückter Baum. Und nun? Nun war sie erwachsen, aber der Spaß am Weihnachtsfest war ihr vollkommen vergangen.

Die Freude, mit der Sofie, am Telefon, ihren Baum beschrieben hatte, die war in Karos Elternhaus geblieben. Sie war nun zweiundzwanzig und zum ersten Mal in ihrem Leben dachte sie über eine eigene Familie nach. Über Kinder und Mann und doch war all das gerade in ganz weiter Ferne.

Nicht mal einen Kater hatte sie. Das Zusammentreffen mit Sofie und mit Wolfgang hatte etwas in ihr in Gang gesetzt, was nun aber anscheinend schon wieder gestoppt war.

Oder nicht? So jedenfalls konnte es nicht weiter gehen! Doch was sollte sie tun? Sie lag auf dem Sofa, in die Decke gewickelt und schaute zu der überall im Zimmer verteilten Weihnachtsdekoration. Zu den Engeln und Räuchermännern. Zu dem Nussknacker, den ihr die Mutter beim Einzug in die neue Wohnung geschenkt hatte. Sollte sie sich nicht zusammenreißen und ausgehen? Hier drin würde sie niemanden finden, mit dem sie eine Familie gründen konnte.

Und draußen? Sie dachte an ihren Ex-Freund und Bernd. Da war anscheinend auch nicht das richtige dabei. Oder hatte sie nur nicht lange genug gesucht? Wolfgang wäre der Richtige, aber da hatte Susi ihre Hand drauf. Das hatte sie ihr unmissverständlich, beim Abwasch mit dem Messer in der Hand, zu verstehen gegeben. Wieder fiel ihr Blick auf den Nussknacker. Dabei dachte sie an den Weihnachtsmarkt, den sie mit Sofie besucht hatte, da hatte ein ähnlicher Nussknacker direkt am Eingang gestanden. Sollte sie hier in der Stadt mal auf den Weihnachtsmarkt gehen?

Schaden konnte es nichts. Würde es aber etwas nutzen? Konnte man auf dem Weihnachtsmarkt jemanden finden, der es mit einem ernst meinte? Jemanden für eine schnelle Nummer oder für eine Nacht sicherlich. Aber etwas Bleibendes? Dauerhaftes? Irgendeinen, mit dem man eine Familie gründen konnte? Wenn es noch nicht mal mit Bernd geklappt hatte? Warum war er eigentlich fortgegangen? Sie konnte ihn nicht fragen und anrufen wollte sie auch nicht. Da ging dann sicher wieder irgendeine Anita ran. Immer noch hatte sie die Hoffnung, dass sie sich bei ihm geirrt hatte und er nicht wirklich solch ein Schwein war.

Karo warf die Decke ab und ging in das Bad. Zuerst etwas ansehnlich machen. Wenn man es nicht versucht, so konnte man es eben auch nicht wissen. Bevor wieder die Melancholie zuschlug, hatte sie sich umgezogen, gestylt und war losgegangen. Nur ein paar Haltestellen mit der Straßenbahn und diese hielt direkt vor dem Weihnachtsmarkt. Die Tür der Bahn öffnete sich praktisch vor der ersten Bude. Ein Duft von gebrannten Mandeln zog ihr um die Nase und setzte eine

Erinnerung frei, die tief in ihr gesessen hatte. Mit ihrer Schwester Barbara war sie mal auf dem Weihnachtsmarkt gewesen und dort hatte die Schwester ihren jetzigen Mann kennengelernt. Einfach so.

Es konnte also gehen! Karo ließ sich von der Menschenmenge durch die engen Gänge ziehen. Nähe war hier mehr als deutlich zu spüren, aber in dem Gedränge konnte man niemanden wirklich näher kommen. Körperkontakt ja. Seelenkontakt sicher nicht! Ein paar junge Männer waren in dem Strom der Menschen, doch zum Reden war es einfach viel zu eng. Höchstens an einem der Glühwein- oder Bratwurststände wäre das gegangen. So ließ sie sich zur Seite treiben und blieb an einem der Stände stehen. Ein Becher Glühwein wärmte ihr die Hände und stieg ihr langsam in den Kopf.

Die junge Frau beobachtete die Menschen, die an ihr vorbei zogen und sah in die fröhlichen Antlitze der Kinder. In rotgefrorene Gesichter der Frauen und versuchte in den Blicken der Männer zu lesen, ob es sich lohnen würde, sie anzusprechen. Aber so richtig war da wohl keiner, bei dem sie das Gefühl hatte, er wäre der Richtige. Zumindest nicht auf die Dauer. Ein schneller Flirt war möglich und einige Männer nahmen die Situation wahr, um ihr einen Glühwein anzubieten, aber Karo hatte ja noch den Ersten, der nun langsam kalt wurde. Daher lehnte sie dankend ab. Sie hatte den Eindruck, dass die Männer sie vielleicht nur Betrunken machen wollten.

Da war die Sache mit Bernd auch ein deutliches Warnzeichen gewesen. Zu schnell war sie auf ihn eingegangen und es hatte nicht so gut geendet. Nicht noch einmal! Bei Einbruch der Dämmerung machte sie sich daher auch wieder enttäuscht alleine auf den Heimweg.

Schließlich war sie wieder zu Hause und kochte sich einen Tee. Das war doch wirklich nicht fair! Da stand sie nun am Küchentisch und sah in die Tasse. Pfefferminztee. Den hatte sie schon als Kind geliebt. Wieder kamen die Erinnerungen an eine glückliche Kindheit zurück. An die vier Jahre ältere Schwester Barbara, die nun mit Mann und zwei Kindern in derselben Stadt wohnte, wie die Mutter. Weit weg von Karo.

„Verdammt." rief Karo und schlug mit der Hand auf den Tisch. „Ich will zu Weihnachten nicht alleine sein!" setzte sie laut fort. „Wenn ich morgen früh gleich losfahre, dann kann ich zum Kaffeetrinken bei Barbara sein." dachte sie und ging in die Schlafstube. Der Tee war erst einmal vergessen.

Sie zog ihren Koffer vom Schrank und begann zu packen. Wenig später stellte sie den gefüllten Kleiderbehälter in den Flur neben die Ausgangstür. Schon dachte sie an ihre beiden kleinen Nichten. Bei der Hochzeit der Schwester vor fünf Jahren war sie dabei gewesen und die beiden kleinen Mädchen, Madeleine, die nun fast vier Jahre alt war, und Charlotte, mit zwei Jahren, waren der ganze Stolz von Karos Mutter.

Oft hatte Barbara sie gefragt, wie es bei ihr mit Kindern aussah, aber dazu hatte sie bisher keine richtige Meinung gehabt. Vielleicht, wenn der Ex-Freund sie nicht mit Siglinde betrogen hätte, hätte es damit was werden können. Jetzt wäre sie bereit. Aber was nutzte es! Jetzt fehlte ihr der passende, und treue, Mann dazu! Wieder dachte sie an die beiden Nichten und die leuchtenden Kinderaugen vor dem Weihnachtsbaum. Das würde sicher schön werden. Weihnachten in Familie.

Zufrieden ließ sie sich auf das Sofa fallen. Das Fest war gerettet. Eine Weihnachtssendung kam im Fernsehen und nun war die Vorfreude auf das Fest da! Leise summte sie die Melodie mit.

22. Kapitel

Überraschung!

S eit ein paar Tagen hatte er Susi nur noch selten gesehen. Sie hatten nun beide Urlaub und arbeiteten nicht mehr im Büro nebeneinander. An einem Tag war sie zwei Stunden da gewesen und an dem anderen nur eine. Immer hatte sie gesagt, dass sie noch viele Vorbereitungen für das Weihnachtsfest vorzunehmen hatte und mit einem Lächeln hatte sie dann auch noch immer über eine Überraschung für ihn und Sofie gesprochen, aber immer nur in sehr vagen Andeutungen. Es kam ihm so vor, als ob sie sich absichtlich für ihn rarmachte, damit sie beim nächsten Zusammentreffen viel wilder aufeinander waren. Nicht so, wie in der letzten Nacht, wo sie nur nebeneinander gelegen hatte und außer Kuscheln nichts passiert war.

Ihm war schon aufgefallen, das ihr das nicht gefallen hatte, aber er konnte seinem Körper auch keine Befehle erteilen und für die kleinen blauen Pillen aus der Apotheke fühlte er sich noch zu jung. So hatte er aber auch viel mehr Zeit mit Sofie verbringen können. Sie waren gerodelt und er hatte ihr auch die ersten Schritte auf den Ski beigebracht. Direkt vor dem Haus waren sie auf der Straße gefahren. In den letzten Jahren hatte es im Winter kaum geschneit. Umso mehr war nun natürlich die Freude groß, dass direkt vor dem Häuschen ein halber Meter Neuschnee lag.

Die Ski hatte er auf dem Dachboden gefunden, wo sie seit dem Einzug in einer Ecke verstaubt waren. Früher war er mit Ruth immer in den Alpen gewesen, aber seit sie verheiratet waren, und seit Sofie auf der Welt war, hatten sie immer nur gesagt „Im nächsten Jahr sicherlich!" für Ruth gab es nun kein nächstes Mal mehr. Schade. Die Frau hatte die Abfahrten geliebt. Schließlich kamen sie beide aus einem Wintersportort. Da gab es das halbe Jahr reichlich Schnee. Nun war es der Sonnabend vor dem dritten Advent und sie hatten gerade den Kaffeetisch gedeckt und den Stollen angeschnitten, als Susi in das Haus kam.

Freudestrahlend wedelte sie mit einem Briefumschlag herum und rief „Wir fahren in die Alpen. Zum Ski laufen!" Wolfgang war baff. Woher hatte die Freundin das nur gewusst, dass er gern mal wieder in die Alpen fahren würde? Er hatte ihr gegenüber noch gar nichts davon gesagt. Sie gab ihm den Brief und er sah in der Reservierung nach. „Eine kleine Hütte irgendwo in den Bergen." sagte er und sie setzte hinzu „Mit einem kuscheligen Kamin und ganz viel Schnee, direkt vor der Tür." „Na das ist ja mal eine Überraschung." sagte er freudestrahlend und küsste die Frau.

Nun griff sich auch Sofie den Brief und las darin. „Aber das geht ja schon morgen los und bis nach Weihnachten!" sagte sie und sah von den Unterlagen auf. Susi nickte ihr zu. „Und was ist mit dem Baum? Und was ist mit Strolchi?" fragte sie und legte das Dokument zurück auf den Tisch. Übermütig rief Susi „Der Baum wird Feuerholz und dein Kater kommt für ein paar Tage in eine Katzenpension. Da hat er es auch gut und kann mit den andern Katzen Weihnachten feiern." Anscheinend hatte sie sich schon viele Gedanken darum gemacht, doch Sofie war von beiden Vorschlägen nicht begeistert und nur der leckere Stollen konnte den Protest der Tochter stoppen.

Gemeinsam verspeisten sie das Weihnachtsgebäck und redeten von den verschneiten Bergen, die Sofie ja noch gar nicht kannte, oder nur von den alten Urlaubsfotos aus dem Album. Während die Tochter sich schmollend mit dem Kater in ihr Zimmer verzog, setzte er sich mit Susi auf das

Sofa. Er erzählte von seiner ersten Fahrt am Hang. Die Frau hörte ihm begeistert zu. „Da ist sicher ein schickes Fell vor dem Kamin. So für ein paar kuschelige Stunden." flüsterte sie ihm in sein Ohr. Ihre Taktik, ihn auf Abstand zu halten, verfehlte ihre Wirkung nicht. „Wir können das doch schon mal üben." erwiderte er „Ich habe zwar keinen Kamin und kein Fell, aber ..." setzte er hinzu und sie nickte verstehend. Sie lächelte ihn an und sagte „Ich gehe schon mal vor." dann schritt sie zum Schlafzimmer hinüber und Wolfgang schaute ihr hinterher, wie sie sich bewegte. Dann wartete er gespannt noch ein paar Augenblicke.

Er wusste ja, dass sie für ihre Vorbereitungen noch ein paar Minuten brauchen würde und so ging er zur Tür des Kinderzimmers, um nach Sofie zu schauen. Schon einige Zeit war es still gewesen und das war eigentlich so gar nicht die Art der Tochter. Langsam öffnete er die Tür und schaute in das Zimmer hinein. Es war dunkel und als er das Licht anschaltete, sah er, dass das Zimmer leer und das Fenster offen war. War der Kater wieder entwischt und Sofie ihm hinterher gesprungen? Wolfgang ging zum Fenster und sah hinaus, aber er konnte die Tochter nicht sehen. „Sofie?" rief er hinaus, aber er bekam keine Antwort. Noch einmal rief er nach der Tochter, nun viel lauter. Dann schloss er das Fenster und lief zu Susi hinüber.

Die Frau lag lasziv, nackt auf dem Bett ausgestreckt und erwartete ihn, doch er hatte keinen wirklichen Blick für sie „Sofie ist verschwunden." sagte er nur und die Frau setzte sich auf. „Wo kann sie nur hin sein?" fragte sie „Der Kater ist auch verschwunden!" setzte er hinzu. „Vielleicht bei einer Freundin?" fragte Susi und zog sich schnell wieder ihre Unterwäsche an. „Kann sein. Ich suche mal die Telefonnummern raus. Hilfst du mir, die abzutelefonieren?" fragte er und Susi nickte, während sie sich die Hose im Bett sitzend anzog. Als sie danach vollständig angekleidet war, nahm sie ihr Telefon aus der Hosentasche und begann die erste Nummer zu wählen.

Zwei Stunden später waren sie am Ende der Liste und nun blieb nur noch übrig, die Polizei zu informieren. Es konnte ja wer weiß was passiert sein. Susi blieb im Haus und wartete, während er zur Polizeiwache fuhr und eine Vermisstenanzeige abgab. Eine Polizistin setzte sich mit ihm an einen Tisch und zusammen überlegten sie, wo die Tochter sein konnte. Eine Zwölfjährige mitten in der Dämmerung zu verlieren, dass machte ihm irgendwie Angst. Auch die Polizistin war sichtlich besorgt, versuchte aber dies vor ihm zu verbergen. Schließlich sagte sie „Wir werden sie nun überall suchen. Fahren sie nach Hause und geben sie uns bescheid, falls sie sich bei ihnen melden sollte."

Wolfgang stimmte zu und machte sich besorgt auf den Heimweg zu Susi. Vielleicht war die Tochter ja auch schon wieder da.

23. Kapitel

Eine Reise ins Nirgendwo?

Den Kater zurücklassen? In eine Tierpension geben? Gerade erst hatte sie den geliebten Freund zurück erhalten und nun sollte sie ihn schon wieder verlassen? Niemals! Aber was tun? Sie war erst Zwölf und konnte doch nichts alleine entscheiden. Also was machen? Wen konnte sie fragen? Sie saß im Bett und hatte den kleinen, schnurrenden Freund auf dem Schoß. Dabei sahen sie sich gegenseitig an und plötzlich hatte sie eine Idee. Karoline! Die Frau hatte ihr einmal geholfen und würde es sicher auch weiter tun. Doch die Frau war weit weg. Wie sollte sie dorthin kommen? Sofie setzte den Kater auf den Fußboden und ging zu ihrer Kommode. Da waren Schuhe und auch eine Jacke drin. Damit würde sie also schon mal nicht frieren. Im Sparschwein war viel Geld vom Geburtstag und so fasste sie einen Entschluss.

Schnell zog sie sich an, steckte das Geld ein und griff sich den Kater. Noch schneller hatte sie Strolchi in die Katzenbox gesetzt, das Gitter geschlossen und das Fenster geöffnet. Die Dämmerung setzte gerade ein, als sie aus dem Fenster stieg und zur Straßenbahnhaltestelle lief. Sofie wusste, wie sie zum Bahnhof kam und alles andere würde sich ergeben. Die Bahn kam und viele Leute fuhren in die Innenstadt, so dass sich keiner über ein einzelnes Kind mit Kater wunderte. Jeder dachte, dass sie zu jemanden anderes in der Bahn gehörte. Direkt vor dem Bahnhof öffnete die Straßenbahn ihre Türen wieder.

Die erste Etappe war geschafft. Im Bahnhof war ein ganz schönes Gewimmel. Kreuz und Quer liefen die Leute. Das Mädchen suchte den Fahrkartenschalter und sah das Symbol, das über der Tür angemalt war. Mit ihrem Freund stellte sie sich in die Schlange und wartete. Immer weiter nach vorn rutschten sie, bis sie am Schalter waren. Sofie konnte gerade so über den Tisch sehen. Eine Frau in Uniform mit einer schwarzen Brille musterte sie. „Bist du alleine?" fragte die Frau. „Nein. Ich habe meinen Kater dabei." sagte Sofie und hielt den Käfig hoch. „Nein! Ich meine deine Eltern. Sind die mit?" fragte die Frau „Mein Vater ist draußen. Ich möchte zu meiner Tante nach Leipzig und er will sehen, wie erwachsen ich schon bin." sagte sie selbstbewusst.

Die Frau hinter dem Schalter sah über den Rand ihrer Brille und nickte dann. „Also ein Kind nach Leipzig. Wie alt bist du?" „Zwölf!" antwortete Sofie stolz, dann setzte sie aber hinzu „Ein Kind, ein Kater." „Ja. Der Kater reist gratis mit dir mit." sagte die Frau und schmunzelte. „Da fährt in einer halben Stunde ein ICE. Der ist ganz schnell. Möchtest du mit dem fahren?" „Ja. Wievielt kostet das denn?" „Als Sondersparpreis heute für dich nur 9,95 Euro." erwiderte die Frau und Sofie schob den Schein über den Tisch. Dann erhielt sie die Fahrkarte und die Frau sagte „Bahnsteig 17. Ich wünsche dir eine gute Fahrt." „Danke schön." sagte Sofie und lief hinaus.

In der großen Halle mit den vielen Menschen lief sie ziellos umher, bis sie die große Tafel gesehen hatte. Da stand bei Gleis 17 ein ICE nach Frankfurt und ganz klein stand da auch Leipzig dran. Nun musste sie sich nur noch orientieren. Sie war zwar schon mal auf dem Bahnhof gewesen, aber das war schon mehr als ein Jahr her und damals waren nicht so viele Leute hier. Dann erkannte sie die großen blauen Schilder mit den Zahlen drauf und suchte die 17. Der Zug stand schon da. Weiß mit einem roten Streifen. „Ist das unser Zug?" fragte sie den Kater, aber der wusste es auch nicht, also fragte sie eine Frau, die in Uniform an einer der Türen stand. „Fährt dieser Zug nach Leipzig?" und hielt der Frau die Fahrkarte hin.

„Ja. Bist du alleine?" fragte sie und Sofie schüttelte den Kopf „Nein mit meinem Kater. Aber der braucht keine Fahrkarte." „Keine Eltern?" „Mein Vati hat mich gebracht und in Leipzig holt mich meine Tante ab." sagte sie, drehte sich um und rief „Tschüss Vati." Dann winkte sie einem Mann zu, der gerade in ihre Richtung winkte und stieg ein. Die Frau kam ihr hinterher und zeigte auf einen Platz am Fenster mit einem Tisch. „Setze dich hier hin. Der ist noch frei." Sofie stellte den Käfig auf den Tisch und die Frau half ihr, die Jacke an den Haken zu hängen. „Ich werde immer mal nach dir sehen. Aber wir fahren ja nur eine Stunde bis Leipzig." erklärte die Frau und Sofie nickte dankbar. Dann setze sie sich und wartete auf die Abfahrt.

War es richtig, was sie hier tat? Ihr Vater würde sich sicher Sorgen um sie machen, aber den konnte sie ja auch noch später anrufen. Sie nahm Strolchi aus der Box und hielt ihn im Arm. Langsam rollte der Zug aus dem Bahnhof. Draußen sah sie noch die bunten Lichter der Stadt, dann wurde es vor dem Fenster dunkel. Der Zug jagte nur so durch die Nacht. Ab und zu sauste ein Licht an den Fenstern vorbei, nur daran konnte es Sofie erkennen. Viele Menschen waren im Zug. Die meisten von ihnen freuten sich sicher auf einen Urlaub oder auf den Besuch bei ihren

Verwandten. Auch Sofie freute sich, dass sie nun Karoline wiedersehen würde und der Kater schnurrte in ihrem Arm. Die Frau war auch ein paar Mal bei ihr gewesen, bis sie dann zu ihr kam und sagte „In ein paar Minuten sind wir da. Du solltest deinen Freund nun in die Box geben." Was Sofie auch gleich machte. Dann gab die Frau ihr die Jacke und verschwand wieder. Mit dem Käfig in der Hand stand Sofie danach an der Tür und wartete, dass der Zug wieder hielt.

Die Frau kam wenig später zu ihr und sagte „Ich wünsche dir noch einen schönen Abend und viel Spaß bei deiner Tante." Immer langsamer wurde der Zug, bis er quietschend stehen blieb. Dann öffnete die Frau die Tür und Sofie bedankte sich bei ihr.

Mit den Worten „Hallo Tante." stürzte sie auf den Bahnsteig und lief auf eine Frau zu, die dort auf jemanden wartete. Dann machte sie einen Bogen um die Frau und verschwand im Gewimmel des Bahnhofes. Nun war sie erst mal in Leipzig.

Hier, auf diesem Bahnhof, war sie drei Jahre nicht gewesen. Doch sie erinnerte sich, dass die

Straßenbahn von zu Hause zu ihrer Schule damals bis zum Bahnhof gefahren war. Wenn sie die in der umgekehrten Richtung fahren würde, dann musste sie doch bei Karoline ankommen? Sofie setzte sich an die Haltestelle und wartete auf die Bahn. Ein paar betrunkene Männer liefen an ihr vorbei und es war schon später Abend.

Immer weniger Leute sah sie. Es war finster um sie herum und nur eine einzige Lampe erhellte den Bahnsteig, an dem die Straßenbahn kommen musste. Nun bekam sie aber doch etwas Angst. Hätte sie nicht lieber bei Karoline anrufen sollen? Sie zog das Telefon aus der Tasche, aber es ging nicht an.

24. Kapitel

Nächtlicher Besuch

Gerade hatte sie geduscht und sich für die Nacht fertig gemacht, als es an ihrer Tür lange klingelte. Karo wollte es zuerst ignorieren, wer würde sie schon abends um halb elf besuchen, doch dann, nachdem es immer weiter an der Tür läutete, machte sie auf und sah Sofie vor sich, mit dem Kater in der Hand. „Was machst du denn um diese Zeit hier? Ist dein Vater auch hier?" fragte sie und gab den Weg für das Mädchen frei. Sofie zitterte vor Kälte und Karo zog ihr die Jacke aus, setzte sie auf das Sofa und wickelte sie in eine warme Decke. „Möchtest du einen Tee?" fragte sie weiter, ohne auf die vorhergehende Frage eine Antwort erhalten zu haben.

Das Mädchen nickte und schon surrte der Wasserkocher. Karo ließ den Kater aus seinem Korb und der kleine Geselle suchte sich seinen angestammten Schlafplatz neben Sofie, die nun ihre Hände an dem Tee wärmte. Mit dem heißen Getränk taute auch das Mädchen wieder auf. „Sie wollten Strolchi in das Heim geben!" sagte sie und Karo fragte wieder nach „Ist dein Vater auch

hier? Weiß er wo du bist?" Sofie schüttelte den
Kopf und Karo holte ihr Telefon. Schnell wählte
sie die Nummer und wartete. Nach zwei Rufzeichen ging der Mann an der anderen Seite an sein
Telefon und Karo erklärte ihm, dass Sofie wohl-
behalten bei ihr angekommen war.

Sie hörte deutlich die Erleichterung des Mannes und sie fragte „Soll ich Sofie morgen zu dir
bringen?" doch er antwortete „Nein. Ich komme
vorbei und hole sie ab." Dann legte er auf. Im
Hintergrund hatte sie auch Susi gehört und nun
sah sie zu Sofie, die sie so ansah, als wolle sie
etwas sagen. Doch zuerst informierte sie sie
„Dein Vater holt dich morgen ab." Dann setzte
sich Karo neben das Mädchen. „Erzähle mal."
sagte sie und Sofie begann „Susi will mit uns in
die Berge fahren." „Na das ist doch schön. Ich
war auch schon lange nicht mehr in den Bergen."
setzte Karo hinzu und dachte an die schneebe-
deckten Gipfel ihrer Kindheit.

Sofie unterbrach ihre Gedanken und setzte
fort „Unseren Baum wollte sie zu Brennholz machen und Strolchi." dabei zog sie den Kater an
ihre Brust „Den wollte sie in eine Katzenpension
geben." „Und du willst natürlich deinen kleinen
Freund nicht hergeben." antwortete Karo, die nun

sehr wohl das Dilemma des Mädchens erkannt hatte. Einerseits wollte sie bestimmt zum Skilaufen fahren, andererseits wollte sie den kleinen Kater nicht in fremde Hände geben. „Und wenn ich auf deinen Kater aufpasse?" fragte sie daher und sah an den großen Augen des Mädchens, das ihr diese Lösung des Problems noch gar nicht eingefallen war.

„Aber du kannst dich auch erst morgen entscheiden. Heute ist es ja schon spät." erklärte Karo. „Wolltest du auch weg?" fragte Sofie und zeigte auf den Koffer, der neben der Tür stand. Doch Karo winkte ab „Das ist nun nicht mehr wichtig." sagte sie nur und nahm den schon schlafenden Kater. Dann legte sie ihn in das Körbchen, welches sie gerade wieder aus dem Schrank geholt hatte. Karo sah sich um und bemerkte, dass das Mädchen keine Sachen mit hatte. Sie ging zu ihrem Schrank und holte ein T-Shirt heraus. Welches sie danach Sofie gab und dazu sagte „Zieh das in der Nacht an. Du weißt sicher noch, wo das Bad ist?" und die Zwölfjährige nickte. „Es sieht nur alles so anders aus. Du hast andere Möbel." Woraufhin sie sich in der Wohnung umsah. Vor Karos Arbeitszimmer blieb das Mädchen stehen. „Das war mal mein Zimmer." sagte sie und ging hinein.

Natürlich war auch hier alles anders. Schließlich sagte Karo „Jetzt komm schon. Es ist fast Mitternacht und da solltest du nun endlich in dein Bett gehen." „Das stand mal hier." sagte das Mädchen und zeigte auf die Wand beim Fenster. Karo nickte und zog die Kleine aus dem eher unordentlichen Raum heraus. Karo hatte schon bemerkt, dass das Mädchen noch gar nicht schlafen wollte, aber was konnte sie schon tun? Sie schob sie in das Bad und zog sie einfach aus. Dann brachte sie die Sachen zurück in die Wohnstube, damit sich Sofie waschen konnte.

Mit dem T-Shirt an, das ihr natürlich viel zu groß war, kam das Mädchen dann wieder in die Stube zurück und Karo nahm sie einfach mit in das Schlafzimmer. Zusammengekuschelt legten sie sich in das große Bett und das Mädchen schlief dann doch ganz schnell ein. Doch bei Karo kam der Schlaf nicht. Sie hörte auf das leise Atemgeräusch des Mädchens. Es schien ihr so vertraut zu sein und doch war Sofie ja praktisch eine Fremde für sie. Auf leisen Tatzen kam der kleine Kater zu ihr in das Bett und schmiegte sich an sie. Sein Schnurren war wie eine Belohnung für sie.

Es tat so gut, den kleinen Kerl zu streicheln und auf sein leises Brummen zu hören. Fort waren die Gedanken an die Fahrt zur Schwester. Aber was würde sein, wenn Sofie dann mit ihrem Vater in den Urlaub fuhr? Dann war sie ja wieder alleine. Zwar mit dem Kater alleine, aber das war nicht wirklich die Gesellschaft, die sie sich für ein schönes Weihnachtsfest in Familie gewünscht hatte. Jedoch mit dem Kater sechs Stunden im Auto zu fahren, das war nicht wirklich gut für das Tier. Das wusste sie schon.

Wie würde es bei ihr weiter gehen? Zu Weihnachten und im folgenden Jahr. Sie war im Moment, was die Männer betraf, ein „gebranntes Kind" nach den zwei missglückten Versuchen und nach Wolfgang, an den sie sich nicht heran traute, gab es da wohl nur die Option, auf eine bessere Gelegenheit zu warten.

Ein Klingeln weckte sie auf. Karo sah zum Wecker, doch der war mitten in der Nacht stehen geblieben. Draußen war es schon hell und wieder klingelte es. Es war an der Tür und sie sprang aus dem Bett. So wie sie war lief sie zur Tür, denn es konnte ja nur Wolfgang sein, der an der Tür klingelte. „Ich komme schon." rief sie und riss die Türe auf. Der Mann stand vor ihr und sah sie so seltsam an. Dann dachte sie daran, wie sie wohl aussah und sagte schnell „Wir haben verschlafen. Ich sehe sicher furchtbar aus." Schnell drehte sie sich weg, doch der Mann entgegnete „Du bist sehr hübsch." Er trat ein und sagte „Ich mache schnell Kaffee." und Karo nickte.

„Ich gehe mich mal duschen. Sofie schläft noch in meinem Bett." sagte sie und ging zum Bad hinüber.

25. Kapitel

Schneetreiben

Er war kurz nach der Morgendämmerung losgefahren. Obwohl Susi alles Mögliche versucht hatte, um ihn doch noch in das Schlafzimmer zu bekommen, hatte er nur auf dem Sofa gesessen. Die Frau war dann einfach alleine in das Bett gegangen. Als er losfahren wollte, verabschiedeten sie sich vor dem Haus. Sie fuhr mit ihrem Auto in den Süden und er würde dann nachkommen, wenn er Sofie in Leipzig abgeholt hatte. Daher nahm er auch seinen und Sofies Koffer mit auf die kurze Fahrt. Die ganze Nacht hatte er sich darüber den Kopf zerbrochen, was die Tochter wohl dazu bewogen hatte, nach Leipzig zu fahren. Vielleicht die Sorge um ihren kleinen Freund? Sicherlich!

Die Straßen und die Autobahn waren freige-räumt und so konnte er schneller fahren, als er es eigentlich geplant hatte. Vieles kam ihm in der Stadt wieder vertraut vor. Die altbekannten Stra-ßen und Häuser. In den zwei Jahren, die sie nun schon in Dresden lebten, hatte sich nicht allzu viel hier geändert. Dann fuhr er auf den kleinen Parkplatz vor dem Haus auf und ging die Treppe hinauf. Je höher er kam, desto unheimlicher wurde in ihm das vertraute Gefühl. An der altbekannten Wohnungstür klingelte er und es dauerte, bis er hastige Schritte hinter der Tür hörte.

„Ich komme schon." hörte er sie rufen, dann drehte sich der Schlüssel in der Tür und Karo öffnete. Für einen Moment war er überrascht. Sie ähnelte so sehr seiner Frau, dass er fast zurückschreckte. Dabei musste sie wohl gemerkt haben, wie er sie ansah, denn sie sagte nur „Wir haben verschlafen. Ich sehe sicher furchtbar aus." Dann drehte sie sich von ihm weg. Aber er konnte nur sagen „Du bist sehr hübsch." und fast hätte er sie geküsst, doch er hielt sich zurück. Er trat in den Flur hinein und sagte „Ich mache schnell Kaffee." und die Frau stimmte ihm zu „Ich gehe mich mal duschen. Sofie schläft noch in meinem Bett." sagte sie und lief zum Bad hinüber, während er zur Küche ging. Auch hier war ihm alles so vertraut. Immer erwartete er, dass Ruth im nächsten Moment in den Raum kam. Es war ein schönes und zugleich beklemmendes Gefühl, denn er wusste ja genau, dass seine Frau nicht in den Raum kommen würde.

Stattdessen kam Sofie mit ganz verschlafenen Augen in das Zimmer. Sie gähnte und hatte den

162

ebenfalls gähnenden Kater im Arm. „Na du Aus-
reißerin?" fragte er und gab ihr einen Kuss. Er
konnte ihr einfach nicht böse sein, auch wenn es
vielleicht nötig gewesen wäre. Wolfgang war viel
zu froh, dass ihr nichts passiert war.

Der Kaffee lief und er sah sich um. Karo hatte
doch sicher auch Brot oder Brötchen. Wo konnten die den sein? Sollte er auf sie warten? Oder
sollte er danach suchen? Es fühlte sich falsch an,
die Schränke der fremden Wohnung zu durchsu-
chen. Also entschloss er sich, zu warten und wenig später tauchte Karo in der Küche auf. „Ich
habe keine Brötchen, aber Brot sollte noch im
Schrank sein." sagte sie, ohne dass er sie dazu
fragen musste. Während sie das Brot abschnitt
und in den Toaster steckte, goss er den Kaffee in
zwei Tassen. Für Sofie machte Karo dann einen
Kakao.

Zusammen frühstückten sie wie eine richtige
Familie. Als dann endlich alles aufgegessen war,
ging Sofie sich waschen und sie blieben in der
Küche. Zusammen spülten sie den Abwasch ab.
Hand in Hand ging das ganz schnell und so hatten
sie sogar noch Zeit sich einfach noch einen Moment auf das Sofa zu setzen. Die Tochter ließ sich
ganz schön Zeit für ihre Morgentoilette und so

kamen sie in ein längeres Gespräch und er erklärte ihr, wie sehr sie ihn doch an Ruth erinnerte. Als Sofie dann endlich in das Zimmer kam fragte sie „Was ist das denn?" und zeigte zum Zimmerfenster. Sie hatten beide mit dem Rücken dazu gesessen und als sie sich umdrehten sahen sie, dass der Schnee draußen so dicht fiel, dass vor dem Fenster ein weißer Vorhang zu sehen war. Da konnte man vor lauter Schneetreiben keinen Meter mehr sehen. „Das war doch aber gerade eben noch nicht." stellte er überrascht fest und Karo setzte hinzu „Bei dem Wetter könnt ihr unmöglich fahren. Da kommt ihr ja mit dem Auto keinen Kilometer weit."

Sofie schien das ganz gut zu passen und so blieben sie eben auf dem Sofa und erzählten, während Sofie ein Buch las. Immer wieder holte Karo Kaffee, Tee oder Kekse und so verging der ganze Tag, ohne dass sie dabei den Fernseher angemacht hätten. Einfach nur Reden. Weiter nichts. Dabei stellte sich wieder so ein vertrautes Gefühl zwischen ihnen ein und sie redeten über alles, so als ob sie sich schon ewig kannten. Zwar hatten sie ja auch in Dresden miteinander geredet, aber da war es anderes gewesen. Nicht so. Es wurde schließlich dunkel und Karo machte die Weihnachtsbeleuchtung an. Leise Weihnachtsmusik kam aus dem CD Gerät.

Irgendwann schlief Sofie an ihrem Tisch ein und Karo brachte sie in ihr Bett. Als sie zurück kam sagte sie „Deine Tochter schläft tief und fest. Du wirst wohl dann heute Nacht auf dem Sofa bleiben müssen." Dann ging sie an einen Schrank, holte Bettzeug für ihn heraus und legte es auf den Tisch, an dem Sofie bis gerade eben noch gelesen hatte. „Danke dir." sagte er und Karo brachte aus der Küche eine Flasche Wein und zwei Gläser „Als Schlummertrunk. Damit du auf meinem harten Sofa die Nacht gut schlafen kannst." sagte sie mit einem Lächeln, so dass ihm das Herz aufging. Sie stießen an und tranken den süßen Wein. Weiter erzählten sie, denn es war ja noch nicht so spät. Die Frau saß direkt neben ihm und er spürte ihre Bewegungen, so nahe war sie ihm. Mochte es nun an dieser Nähe, am Wein, oder daran gelegen haben, dass ihn Susi so lange auf Abstand gehalten hatte, es kam, wie es hatte kommen müssen und ihre Lippen fanden sich.

Damit war ein Punkt überschritten, nach dem er nicht mehr zurück konnte. Wie in einem Rausch nahm er nur noch wahr, dass sie sich gegenseitig ziemlich schnell entkleideten. Was als Gespräch unter Freunden begonnen hatte, das nahm nun eine unbeabsichtigte Wendung.

26. Kapitel

Ein großer Fehler?

Schwer atmend lag sie auf dem Sofa. Was war da gerade passiert? Karo sah den Mann neben sich an und in seinen Augen erkannte sie, dass er sich gerade dieselbe Frage stellte. In einem lichten Moment hatte sie noch an das Kondom gedacht, bevor die Welle über ihr zusammengeschlagen war. Eine Welle aus Gefühl, Lust und Leidenschaft. Und nun fühlte sie sich schuldig Susi gegenüber. Schnell raffte Karo ihre Sachen auf und lief nackt in das Bad. Vielleicht war es eine Flucht vor sich selbst, doch der Mann folgte ihr. „Was haben wir getan?" fragte sie, als ob sie es nicht selbst viel besser wusste. „Es tut mir leid. Das ist einfach so über mich gekommen." antwortete er entschuldigend und sichtlich zerknirscht, aber sie schüttelte den Kopf. „Es muss dir nicht leidtun. Das war das Beste, was mir seit langem passiert ist. Allerdings dürfen wir Susi niemals etwas davon erzählen!" erwiderte sie und spürte den letzten Wellen des gerade erlebten Höhepunktes in ihrem Körper nach.

Die Frau hörte auch wieder den kleinen Zweifel, der in ihr tobte und verbot ihm das Wort. Sie

166

war hin und her gerissen. Da standen sie nun nackt in dem Bad und sie presste sich die Sachen vor den Körper, aber eigentlich wollte sie ihn küssen und von ihm geliebt werden. Doch was würde Susi dazu sagen? Karo dachte an die fremde Frau und drehte sich von Wolfgang weg. Er streichelte ihren Rücken und seine Fingerspitzen setzte eine zweite warme Welle in ihr in Bewegung, der sie nichts entgegenzusetzen hatte. Hier hatte die Vernunft verloren, nur das Gefühl steuerte sie!

Ohne eigenen Willen drehte sie sich wieder zu ihm um und ihre Lippen trafen sich erneut. Eine Gänsehaut überzog ihren ganzen Körper. Eigentlich hätte sie Wolfgang von sich schieben müssen, doch ihre Hände versagten ihren Dienst. Nichts schien ihr mehr zu gehorchen. Nicht mal ihr Körper. Karo dachte „Nein!“ aber ihr Körper sagte „Ja!“ „Das ist ein Fehler.“ hauchte sie nur und drückte sich dennoch seinen Händen entgegen. Der Mann hob sie auf seine Arme, um sie wieder in die Stube zurück zu tragen, doch plötzlich gehorchte ihr Körper wieder ihrem Willen „Nein. Bitte nicht.“ sagte sie leise und drückte sich von ihm weg. Vorsichtig setzte er sie auf den Boden und akzeptierte ihre Entscheidung. Ihre Lippen trafen sich erneut und beinahe wäre ihr Widerstand geschmolzen, doch dann verließ er das Bad und sie blieb alleine zurück. Fast wäre es ihr lieber gewesen, er hätte ihren Wunsch nicht befolgt. „Verdammt." brach es aus Karo heraus.

Zweifelnd setzte sie sich an den Rand der Duschkabine und schaute auf die geschlossene Tür. Kam er noch einmal zurück? Nein! Die ersten Tränen rollten über ihre Wangen. Warum durfte sie diesen Mann nicht haben? Nur wegen Susi? War das nicht egal? Wolfgang wollte sie doch auch. Oder etwa nicht? Mühsam stemmte sie sich hoch und ging unter die Dusche. Wenig später schlüpfte sie leise in das Schlafzimmer und ging zu Sofie in das Bett.

Karo lauschte nach draußen. Der Mann ging nun ebenfalls zum Bad und sie hörte das Wasser rauschen. Dann schlich er leise und ohne Licht in die Stube zurück. Sie hörte, wie er das Bettzeug über das Sofa ausbreitete und wenig später schnarchte der Mann auch schon. Nur Karo kam nicht zum Schlafen. Nach einer schier unendlichen Zeit des Grübelns stand sie wieder auf und ging auf Zehenspitzen in den Flur. Durch die offen gebliebene Stubentür sah sie auf den Schläfer. Weiter schlich sie zum Sessel und setzte sich dort hin. Warum sie nun gerade hier saß, das wusste sie selbst nicht. Eigentlich brauchte sie Zeit, um über das nachzudenken, was hier passiert war. Das war der beste Sex gewesen, den sie jemals gehabt hatte. Warum also sollte sie den Mann wieder gehen lassen?

Die einzige Antwort war Susi. Aber warum musste sie auf jemanden anderes Rücksicht nehmen? Was war mit ihr? Wer nahm auf sie Rücksicht? Zu diesem Manne gab es ein tiefes Verständnis und sicher war es bei ihm ähnlich. Oder täuschte sie sich? Sie wusste nicht, was er gefühlt hatte. Woher hätte sie das auch wissen können? Doch nur, wenn sie ihn gefragt hätte. Nun saß sie hier und beobachtete ihn, wie er keine drei Schritte von ihr entfernt schlief. Wie sich seine Brust hob und senkte. Der Zweifel zerriss sie. Wieder kamen ein paar leise Tränen zum Vorschein, die sie sich aber schnell wegwischte.

Sollte sie ihn wecken und fragen? Würde sie damit nur alles noch viel schlimmer machen? Viele Fragen und keine Antwort. Allerdings konnte sie hier noch stundenlang sitzen und nachgrübeln. Auf die Antwort würde sie niemals von selbst kommen, denn die kannte ja nur er. Jedoch wagte sie eben auch nicht, ihn zu wecken, aus Angst, dass das Gefühl wieder übermächtig würde und sie sich dann nicht mehr zurückhalten konnte. Karo stützte ihren Kopf in die Hände.

Sie konnte ihn nicht schlafen lassen und sie konnte ihn auch nicht wecken. Was tun? Er schnarchte lauter und drehte sich zur Seite. Nun wendete er ihr im Schlafen sein Gesicht zu. Im Schein des kleinen Nachtlichtes konnte sie seine Gesichtszüge erkennen. Dann wachte er auf und sah sie an.

„Wir müssen reden!" sagte Karo leise und er setzte sich auf. „Ich habe das erlebt, wie es sich anfühlt, betrogen zu werden. Ich kann das Susi nicht antun und du auch nicht." sagte sie und der Mann nickte wortlos. „Du musst zuerst wissen, was du willst und dann klären, was sein soll." „Ich will dich!" sagte Wolfgang und Karo rutschte näher zu ihm hin. Den Tisch ließ sie jedoch vorsorglich als Barriere zwischen sich. Sie streckte ihm die Hand hin. „Ich fühle mich bei dir auch unglaublich geborgen. Aber es geht einfach nicht. Nicht solange das mit Susi nicht geklärt ist." Der Mann ergriff nun ihre Hand und zog sie etwas zu sich herüber. „Ich werde das mit Susi klären." versprach er ihr.

Konnte sie ihm trauen? Mehr als einmal war sie ja nun schon reingefallen. War das wieder nur so eine ungestüme, dem Wein geschuldete Aktion? Die leere Weinflasche stand ja noch auf dem Tisch! Immer ging es mit Wein los und was war dann das Ende? Zwar hatte sie nur ein halbes Glas getrunken, zu wenig, um wirklich dem Alkohol die Schuld dafür zu geben, was da vorhin auf dem Sofa passiert war. Diesmal hatte ihre Seele die Kontrolle übernommen und nicht der Geist des Weines.

Langsam entzog sie sich ihm wieder. Zu gern wäre sie nun zu ihm hinüber gewechselt, doch das ging nicht. Noch nicht. Da sie nicht zu ihm kam, wechselte er auf ihre Seite herüber und kniete sich vor den Sessel. Seine Augen fingen ihren Blick ein und sie konnte nicht zurück. Auge in Auge saßen sie dort sicherlich zehn Minuten, bevor er sich wieder rühren konnte. „Ich verspreche es dir." flüsterte er ihr ins Ohr. Nur zu gern hörte sie diese Worte, doch dann dachte sie wieder daran, dass Susi ja von ihm schwanger war. Der Mann war ihr so nahe, dass sie sich seiner Gegenwart nicht mehr entziehen konnte. Sacht küsste er ihren Hals und die Gänsehaut kam zurück. Karo erschauderte. Der Mann erhob sich, hob sie an, setzte sich auf den Stuhl, auf dem sie gerade noch gesessen hatte, und zog sie auf seinen Schoß.

Wie unter einem inneren Zwang streifte sie sich das Nachthemd über den Kopf und drückte ihm ihren Körper erwartungsvoll entgegen. Wolfgang begann sie zu streicheln. Seine Finger schienen überall gleichzeitig zu sein und selbst wenn sie noch gekonnt hätte, sie hätte sich ihm nicht mehr entzogen. Karo spürte die Erregung des Mannes, die einen Weg in ihren Körper suchte. Sie spürte das erwachende Kribbeln in ihrem Bauch und drückte sich ihm entgegen. Noch ein letzter lichter Gedanke. „Das Kondom!" flüsterte sie leise, schon im Rausch der Sinne. Wolfgang fasste hinter sich, wo die geöffnete Packung noch immer auf dem Tisch lag. Nun war ihre Vereinigung nicht mehr aufzuhalten. Ihre Bewegungen fanden einen einheitlichen Rhythmus und wurden gemeinsam immer schneller. Sie wollte es!

Die Nacht endete, so wie sie begonnen hatte. Mit einer Welle von Gefühlen, die über Karo zusammenschlug. Sie biss sich in die Hand, um Sofie nicht durch ihren Schrei der Lust zu wecken.

27. Kapitel

Südliche Wege

Die Scheibenwischer schoben ein paar einzelne Schneeflocken zur Seite. Es war ein schöner Tag geworden und nicht solch ein Schneetreiben, wie es noch am Tag zuvor gewesen war. Wolfgang fuhr betont langsam, so als wolle er Zeit gewinnen. Und doch hatte er schon längst eine Entscheidung getroffen. Sofie saß, mit dem Kater im Korb auf ihren Knien, hinter ihm und damit war das Ziel ihrer Reise schon längst festgelegt. Er würde nicht zu Susi fahren, sondern in der eigenen Wohnung in Dresden das Fest zusammen mit der Tochter feiern. Dabei dachte er an die letzte Nacht zurück, die alles in ihm verändert hatte.

Was war da nur geschehen?

Hatte er sich die ganze Zeit mit Susi etwas vorgemacht? Vermutlich, wenn es mit Karo so schnell gegangen war. Nun blieb ihm eigentlich nur noch übrig, mit Susi Schluss zu machen. Aber sollte er das am Telefon tun? Einfach so? Per SMS? Das fühlte sich irgendwie falsch an. Konnte er Susi im anderen Falle so lange mit Ausreden hinhalten, bis das Weihnachtsfest vorüber war? Das fühlte sich auch nicht richtig an. Was nun? „Wann fahren wir wieder mal zu Tante Karoline?" fragte Sofie von der Rückbank und er hätte am liebsten sofort wieder gewendet, aber er musste erst die eine Sache zu Ende bringen. Dies hatte er Karo am Morgen an der Wohnungstür noch einmal versprochen.

Das blaue Schild mit der Aufschrift „Dresden" tauchte vor ihm auf und er betätigte den Blinker. Es würde nicht mehr lange dauern, bis er zu Hause sein würde und plötzlich zog es ihn heim. So schnell wie möglich fuhr er die bekannte Strecke, um dann mit Karo telefonieren zu können. Anschließend würde er mit Susi reden, aber noch fehlten ihm die richtigen Worte dazu. Was sagt man da? Lass uns Freunde bleiben? Das kam irgendwie so falsch rüber. Zusätzlich würden sie ja auch weiterhin, Seite an Seite, im Büro sitzen und arbeiten. Damit wäre dann ein Streit sicher vorprogrammiert und Frau Mayer würde es dann über die ganze Firma verteilen.

Er brauchte etwas anderes. Nur die Wahrheit konnte da helfen. Endlich war das Haus erreicht und nachdem er die Jacke ausgezogen hatte, hatte er auch schon die Nummer gewählt. Karo ging so schnell an das Telefon, dass sie sicher neben dem Gerät auf sein Lebenszeichen gewartet hatte. Nur ein paar Worte konnte er mit ihr reden, dann riss ihm Sofie den Hörer aus der Hand und er ging in die Küche, um einen Tee zu machen. Er kannte seine Tochter. Wenn die erst mal telefonierte, dann konnte das ewig dauern. Damit hatte er wieder Zeit zum Nachdenken. Karo kannte er noch keine zwei Wochen und doch hatte sich dadurch schon viel in seinem Leben geändert.

Wie würde das wohl weiter gehen? Plötzlich fiel ihm ein, dass er das gar nicht gefragt hatte. Es war ihm einfach nicht in den Sinn gekommen, die Frau danach zu fragen. Sie hatte nur gesagt: Kläre deine Angelegenheiten. Wie es danach weiter gehen sollte, das hatte sie nicht gesagt. Im schlimmsten Falle würde er, nach der Trennung von Susi, alleine mit Sofie bleiben. Aber diese Nacht hatte doch gezeigt, dass es mit Susi nichts wirklich ernstes sein konnte. Folglich wäre es auch falsch, daran festzuhalten.

Sofie kam in die Küche und damit war auch für ihn das Telefon frei. Nun würde der Moment kommen, der über sein weiteres Leben entscheiden würde. Oder hatte das schon die vergangene

Nacht gemacht? Er wählte die Nummer von Susis Handy und es brauchte ein paar Rufzeichen, bevor sie sich mit den Worten meldete „Sage bloß nicht, dass du wieder in Dresden bist!" aber das hatte sie ja schon an der Nummer gesehen. Bevor er antworten konnte, setzte sie überschwänglich und freudig hinzu „Hier ist es einfach herrlich. Ich bin gerade erst angekommen. Ein Nacht musste ich in einem Motel bleiben, weil es so stark geschneit hatte." Schließlich gelang es ihm mühevoll, mit mehreren Anläufen, ihren Redeschwall zu unterbrechen, doch nach den Worten „Wir müssen reden!" war mit einem Schlage Ruhe auf der anderen Seite. Weil er aber nichts weiter sagen konnte, ergriff Susi wieder das Wort „Was ist los?" fragte sie fordernd und er rang sich zu ein paar erklärenden Worten durch.

„Ich habe mich in jemanden anders verliebt." erklärte er und aus dem Hörer kam ein unartikulierter Laut „Susi? Bis du noch dran?" „Nicht etwas diese Schlampe von Karo?" hörte er es aus dem Hörer zischen. Das war so gar nicht die Frau, die er bisher gekannt hatte. „Ich kratze ihr die Augen aus." hörte er sie weiter reden „Bleib friedlich. Karo kann nichts dafür." erwiderte er und dann hörte er nur noch, seltsam ruhig und gefasst, „Dann kratze ich dir auch die Augen aus!" danach war Ruhe. Das Telefon schwieg.

Wolfgang versuchte noch einmal anzurufen, aber Susi hatte ihr Telefon abgeschaltet.

Was würde nun passieren? Würde Susi wirklich gewalttätig werden? Eigentlich kannte er sie ja nicht so, aber aus verletzten Stolz wäre sie vielleicht zu so etwas fähig. Danach wartete er noch einige Minuten, ob sich Susi nicht doch noch einmal meldete, dann rief er bei Karo an. Er schilderte ihr das Telefonat und nun war es Karo, die schwieg. Was war los? „Das war vielleicht nicht ganz so diplomatisch." sagte die Frau „Was hätte ich tun sollen? Ihr hinterher fahren, um dann Schluss mit ihr zu machen?" fragte er entgeistert nach und hörte, wie Karo stumm überlegte. „Du hast sicher Recht. Das wäre bestimmt auch nicht gegangen." antwortete Karo ganz leise. Jedoch blieb nun die ungestellte Frage in ihm, wie es weitergehen sollte.

Sofie kam erneut in das Zimmer und wollte nach dem Hörer greifen, da sie mitbekommen hatte, dass er mit Karo telefonierte, doch er gab den Hörer nicht her. Erst musste das hier zu Ende gebracht werden. Allerdings stand nun Sofie neben ihm und hörte ja jedes Wort. Konnte er da über Gefühle reden und damit der Tochter vielleicht etwas vormachen? Das Mädchen würde sich vielleicht falsche Hoffnungen machen, die dann nicht erfüllt werden konnten. Noch wusste er ja nicht, wie es weitergehen sollte.

Zumindest war nun erst einmal mit Susi Schluss. Tat es ihm Leid? Susi war eine schöne Frau, aber wenn es mit ihr gestimmt hätte, und sie wirklich die Frau für ihn gewesen wäre, dann hätte es die letzte Nacht mit Karo wohl nicht gegeben. Missmutig überließ er Sofie das Telefon und begann wieder nachzudenken.

28. Kapitel

Schatten der Erinnerung

Seit Wolfgang die Wohnung verlassen hatte, saß Karo nun schon auf dem Sofa mit dem Telefon in der Hand. Zuerst hatte sie auf die Meldung gewartet, dass er sicher wieder zu Hause angekommen war und danach auf die Nachricht von der Entscheidung, über ihr weiteres Leben. Doch nun saß sie immer noch hier und starrte auf das Telefon. Seit einer Stunde hatte sie sich nicht mehr bewegt. Was würde werden? Bis zum Abend zuvor hatte sie sich keinerlei Gedanken darum gemacht, da war Susi immer noch zwischen Wolfgang und ihr gewesen. Und nun?

Eigentlich war der Weg nun frei. Warum zögerte sie also noch? Da war etwas, was sie nicht verstand. Es schien so, als ob sie Wolfgang schon ihr ganzes Leben kannte. Und da waren dann auch die Anspielungen, die Wolfgang ihr gegenüber ständig gemacht hatte. Was hatte es mit ihr und Ruth zu tun? War da wirklich eine solch große Ähnlichkeit gewesen? Auf den Fotos eher nicht. Da waren es nur die Statur und das Haar. Der Leberfleck auf derselben Stelle war da schon verdächtiger, aber das konnte dann ja auch Zufall

179

sein. Gab es Zufälle wirklich? War das nicht ein zufälliges Zusammentreffen zu viel? Wer konnte wissen, was die Wahrheit war?

Karo hatte nur ihre ältere Schwester Barbara und ihre Mutter, die sie fragen konnte. Am ehesten wüsste es noch die Mutter, aber konnte sie mit solch einer absurden Frage überhaupt zu Hause anrufen? Hätte ihr die Mutter nicht schon lange gesagt, wenn sie noch eine zweite Schwester gehabt hätte? Fragend sah Karo auf das Bild der Mutter und rechnete nach. Rein zeitlich würde das schon ziemlich knapp werden. Die Mutter war ja noch nicht so alt. Ruth war dreißig gewesen und die Mutter gerade 45 geworden. Konnte das überhaupt sein? Karos Finger lag auf der Wahltaste. Sollte sie anrufen? Was würde die Mutter sagen? Was sollte sie überhaupt fragen? „Hör mal Mutti. Habe ich noch eine zweite Schwester?" das kam ihr irgendwie komisch vor.

Und doch war es das einzige, was ihr dazu einfiel. Von selbst drückte ihr Finger die Taste nieder und der Ruf flog in die Berge. Es dauerte eine Weile, bevor sich die Mutter meldete. Zuerst ein bisschen alltägliches und dann die Frage, wegen der ja Karo angerufen hatte. „Hatte ich noch eine zweite Schwester vor Barbara?" Stille wurde es am anderen Ende der Leitung. So still, dass Karo nachsah, ob die Mutter nicht schon vor Schreck wieder aufgelegt hatte, aber der Anruf bestand noch immer. Wie ihr das kleine Symbol und die fortlaufende Zeitanzeige unten rechts anzeigten. „Mutti?" fragte sie nach und die Frau auf der anderen Seite brach endlich ihr Schweigen.

„Als ich vierzehn war, da habe ich deinen Vater kennen gelernt." begann die Mutter stockend zu erzählen „Wir kamen uns näher und es kam, was kommen musste." setzte sie fort und dann brach es aus ihr in einem Schwalle heraus. Dass sie schwanger geworden war, der Vater, Karos Großvater, sie nicht mehr aus dem Hause gelassen hatte. Nach der Geburt zu Hause hatte der strenge Vater sie gezwungen, das Kind zur Adoption frei zu gegeben und sie hatte niemals wieder erfahren, wo die Tochter gewesen war. Nur der Name war noch in ihrem Gedächtnis. Sie hatte die Tochter nach der Großmutter Ruth genannt, vielleicht um den Vater zu besänftigen, aber das hatte ja nicht geklappt.

Dann hörte Karo die Mutter am anderen Ende weinen. „Ich habe sie gefunden und auch wieder nicht." sagte Karo leise zu ihrer Mutter und das

Schluchzen hörte auf. Dann begann Karo von der Familie zu erzählen, die Ruth hier gehabt hatte. Nachdem sie aber erzählt hatte, dass Ruth im letzten Frühling gestorben war, brach die Mutter weinend das Telefonat ab.

Karo starrte noch eine Weile auf das dunkle Display des Telefons. Mit der Antwort der Mutter wurde ihr Leben noch viel komplizierter. Wolfgang war ihr Schwager und Sofie ihre Nichte! „Hätte ich nur nicht gefragt." stöhnte Karo und legte das Telefon in die Ladestation. Mit ihrem, nun kalt gewordenen, Tee schlurfte sie in die Küche, um sich einen neuen zu machen. Dabei schaute sie in die leere Tasse mit dem Beutel und überlegte, ob es wohl richtig war, Wolfgang die Wahrheit zu sagen. Gleichzeitig bohrte sich ein Zweifel in sie hinein. Hatte Wolfgang sich nur in sie verliebt, weil sie die Schwester von Ruth war?

Weil sie der unbekannten Schwester so ähnlich war? Nicht weil sie Karo war? Nur eine jüngere Ausgabe von Ruth? Was sollte sie dazu sagen? Was denken? Hatte dann diese Liebe überhaupt eine Chance? Sie wollte ja ihr ganzes Leben nicht mit jemanden verglichen werden, den sie noch nicht einmal gekannt hatte. Alles fühlte sich im Moment so falsch an. Das Wasser im

Kocher war mittlerweile wieder kalt und sie musste den Knopf erneut drücken.

Dann ging sie mit der gefüllten Tasse wieder zum Sofa zurück. Karo wollte doch um ihrer selbst geliebt werden! Nun brauchte sie erst mal viel Zeit zum Nachdenken. Mit der Decke um die Schultern saß sie dort, wo sie sich am Morgen noch geliebt hatten. Dieser verdammte Zweifel wollte nicht verstummen.

Konnte es ihr nicht egal sein, ob er in ihr Ruth oder Karo sah? Nein! Das Telefon begann zu klingeln und sie erkannte eine Dresdener Nummer. Karo drückte den Anruf weg und zog den Stecker vom Netzteil. Nun war Ruhe! Das Handy schaltete sie auf lautlos. Fragend starrte sie auf den Tisch. Es war kein Zufall gewesen, dass der Kater sie gefunden hatte. Es war auch kein Zufall gewesen, dass sie Wolfgang gefunden hatte und es war genauso wenig Zufall, dass sie sich in ihn verliebt hatte. Und genauso war es kein Zufall gewesen, dass sich Wolfgang in sie verliebt hatte. Alles hatte genauso stattfinden sollen!

Was war das nur gewesen? Eine höhere Macht? So kurz vor Weihnachten? Karo sah den kleinen Engel auf dem Tischchen. Amor hatte sie gefunden und sein Pfeil hatte sie nicht verfehlt!

Sie zog sich an und ging die paar Schritte bis zur kleinen Kirche. Es war offen und sie setzte sich in eine der Bankreihen. Rechts und links vom Altar saßen zwei kleine Engel, die ihrem Engel ähnlich sahen. Karo wollte ihnen danken. Doch ihr fehlten die Worte. Wofür danken? Für Sofie und Wolfgang? War da alles schon geklärt? Konnte sie so einfach in die Rolle der Mutter für Sofie schlüpfen? War es denn so einfach möglich, die Mutter für das Mädchen zu ersetzen?

Wohl eher kaum! Und nur noch eine Woche bis Weihnachten. Was tun? Karo blickte nach oben und gab ein Stoßgebet ab. Vielleicht würden ihr die Engel ja auch weiterhin helfen.

29. Kapitel

Drohendes Ungemach

Wiederholt hatte er versucht, Karo zu erreichen. Aber sie ging an keines der Telefone. Was war da nur los? Er sollte doch klären und hatte es auch getan. Und nun das hier? Was sollte er nun tun? Irgendwie musste er sich ablenken. Für den Baum brauchte er ja noch ein paar Zweige und so beschloss er, mit Sofie auf den Weihnachtsmarkt zu gehen. Nach ein paar Stunden kam er mit einem Arm voll Reisig wieder zurück zum Haus. Auch Sofie trug ein paar der Zweige. Zusammen legten sie das Reisig zu dem Bäumchen und deckten ihn mit den Zweigen schön zu. Als sie wieder in der Stube waren sah er, dass jemand mit einer ihm unbekannten Nummer mehrmals angerufen hatte. Da Wolfgang nicht wusste, wer es gewesen war, rief er auch nicht zurück. Wenn es etwas Wichtiges war, dann würde derjenige schon wieder anrufen. Schließlich kochte er sich in der Küche einen Tee und machte auch Milch für Sofies Kakao warm, als es erneut klingelte.

Wolfgang meldete sich und vernahm die Stimme seines Chefs. Hatte der ihm nicht bis Anfang Januar Zeit gegeben für die Entscheidung? Er hörte zu und erschrak. „Mir ist zu Ohren gekommen, dass es da auf der Weihnachtsfeier zu einem Übergriff gekommen ist." sagte der Mann und Wolfgang wusste sofort, was dieser meinte Ein Kloß setzte sich in seinen Hals und er musste schlucken. „Einen Übergriff würde ich es nicht nennen. Eher einvernehmlichen Sex." erwiderte er schnell, denn jede andere Äußerung wäre falsch gewesen. Abstreiten oder leugnen würde da gar nichts bringen. Schließlich war es ja nun mal so gewesen. Was war daran auszusetzen? Außer, dass es auf Arbeit passiert war? Unter Kollegen sozusagen!

Und er wusste auch, woher der Mann es wusste. Nur Susi konnte es ihm gesagt haben. „Das hätte ich nicht von ihnen gedacht." sagte der Chef am anderen Ende der Leitung und nun wurde auch Wolfgang erst so richtig die Tragweite dessen bewusst, was da gerade passierte. Im Moment riskierte er nicht nur seine neue Position als Stellvertreter des Chefs, sondern auch seine Anstellung in der Firma. Wenn Susi darauf beharrte, dass es ein Übergriff gewesen war, dann konnte er dafür sogar ins Gefängnis kommen. Ihm wurde Heiß und Kalt. Konnte er das noch irgendwie abwenden? Wolfgang dachte daran, dass es ja auch keine Zeugen gegeben hatte. Logischerweise! Wer lässt sich dabei schon zusehen. Nun sah er sich schon auf der Anklagebank. Was konnte er tun, um dieses Schicksal abzuwenden?

Sich entschuldigen? Beim Chef? Oder bei Susi? Bei beiden! Zuerst beim Chef! „Es tut mir leid. Ich habe mich da wohl nicht im Griff gehabt." sagte er und der Mann am anderen Ende der Leitung schwieg. Er schien zu überlegen.

„Wie wollen sie das den wiedergutmachen?" fragte der Chef und für einen Moment stutzte Wolfgang. Was gab es den da wiedergutzumachen? „Ich werde mich natürlich bei Frau Müller für mein Fehlverhalten entschuldigen." sagte er und hörte „Das ist das Mindeste, was sie tun müssen." erneut war für ein paar Sekunden Ruhe und dann hörte er „Und wie gedenken sie nun weiter vorzugehen?" „Was meinen sie?" fragte er zurück und hörte ein ärgerliches Schnaufen. Was wollte der Mann bloß von ihm? Hatte er nicht gerade mit Susi Schluss gemacht? Und kam nicht deshalb nun dieser Anruf.

„Da hole ich mal etwas weiter aus." sagte der Chef zornig am Telefon „Susi hat mich angerufen." Wolfgang stutzte. Wieso nannte der Chef sie nun auch Susi? Dann setzte der Mann fort „Susi ist meine Tochter und sie ist schwanger von ihnen." Wolfgang musste sich nun erst mal setzen. Beides überraschte ihn. Doch eines viel mehr. „Wie kann sie denn schwanger sein?" fragte er laut sich selbst und hörte ein ärgerliches Schnaufen. „Ja warum nur?" brach es aus dem älteren Manne heraus. „Denken sie mal darüber nach!" hörte er noch, bevor er sagen konnte „Wir haben doch aber ein Kondom benutzt und das war auch intakt geblieben!" „So so!" ließ sie der Mann vernehmen. „Und wieso ist Susi dann schwanger?" „Das frage ich mich gerade auch." setzte Wolfgang, an sich selbst zweifelnd, hinzu.

„Natürlich werde ich bei ihnen kündigen und mir eine neue Arbeit suchen." sagte Wolfgang schließlich, doch der Chef fiel ihm ins Wort „Unterstehen sie sich! Sie sind mein bester Mann! Klären sie das nur mit Susi. Ich bin es leid, dass sie mir die Ohren vollheult!" „Ich werde mich bei ihr entschuldigen und für das Kind bin ich natürlich auch da, falls es wirklich eines geben sollte." sagte Wolfgang zum Abschluss. Dann hörte er nur noch „Ich verlasse mich auf sie!" und ein Knacken in der Leitung.

Wolfgang starrte noch eine Weile vor sich hin. Wie konnte Susi schwanger sein? Jedenfalls nicht von ihm! Aber entschuldigen musste er sich auf jeden Fall bei ihr. Nur wofür? Er hatte ihr nichts versprochen. Vermutlich hatte sie sich selbst da etwas vorgemacht, oder eine Bemerkung von ihm so gedeutet. Sollte er sie nun anrufen? Wolfgang beschloss, noch eine Nacht darüber zu schlafen und auch vorher mit Karo darüber zu reden. Warum er nun gerade diese Frau damit hineinziehen wollte, dass wusste er nicht. Aber es fühlte sich falsch an, mit ihr darüber nicht zu reden.

Er wählte Karos Nummer und wieder ging nur die Mailbox ran. Offensichtlich gab ihm die Frau Zeit zum Nachdenken. Oder nahm sich selbst diese Zeit. Sofie tobte wieder durch den Raum. Hatte sie das auch schon zuvor gemacht und er hatte es nur nicht bemerkt? Was würde sie zu einem Geschwisterchen sagen? Die große Frage, die nun im Raum stand, war aber: Mit welcher Frau würde er nun leben wollen? Karo oder Susi. Sein Gefühl war zwischen Liebe und Pflicht hin und her gerissen.

Ohne die Schwangerschaft würde er sofort zu Karo wechseln. Aber so? Hatte Susi das Kind vielleicht nur erfunden, um ihn bei sich zu behalten? Ein neuer Versuch bei Karo und wieder nur die Mailbox. Der wievielte Versuch war das nun eigentlich schon gewesen? Der Zehnte? Der Zwanzigste? Mittlerweile war es draußen dunkel geworden und er schickte Sofie in ihr Bett. Murrend zog sich die Tochter mit dem Kater zurück. Doch er brauchte jetzt erstmal Ruhe zum Überlegen.

Allerdings kam er nicht zum Nachdenken. Keine 24 Stunden zuvor hatte er mit Karo zusammen auf dem Sofa gelegen. Immer wieder stiegen ihm die Bilder in den Kopf. Er konnte diese Frau nicht vergessen und er wollte es auch nicht. Nur erreichen konnte er sie nicht! „Mist!" stöhnte er und ging in die Küche hinüber. Was würde da auf Arbeit auf ihn zukommen? Weiter mit Susi in einem Büro zu sitzen, dass konnte er sich im Moment nicht vorstellen.

Nach dieser Sache war das gänzlich ausgeschlossen. Nur was nun? Kam zur Frage, welche Frau er nehmen sollte, nun auch noch die Frage nach der Arbeit? Wenn er mit Susi zusammen blieb, dann nicht! War das die gesuchte Entscheidung?

30. Kapitel

Schwere Fragen, schwere Antworten

Ein Symbol blinkte auf dem Display des Handys. Einen Tag und eine Nacht hatte Karo gebraucht, bevor sie wieder das Netzteil des Telefons in die Steckdose schob und das Handy aus der Handtasche holte. Es gab 25 Anrufe auf der Mailbox. Alle von Wolfgang. Karo hörte sich alle an. Von „Wo bist du?" über „Bitte melde dich!" bis zu „Ich liebe dich." reichte der Text. Von bittend, über bettelnd, bis zu fordernd reichte die Tonlage. Aber sie hatte einfach die Zeit gebraucht, um eine Entscheidung zu treffen, was sie wollte. Oder besser, was sie nicht wollte: sie wollte Wolfgang nicht verlieren!

Nun wählte sie die Rufnummer und nach nur zwei Tönen meldete er sich „Gut, dass du dich meldest." sagte er erleichtert und begann sofort von Susi zu erzählen. Das passte ihr zwar nicht, weil sie ja selbst reden wollte, aber sie hörte zu. Dann fiel sie ihm in das Wort „Du wusstest nicht, dass sie schwanger ist?" „Nein! Woher?" „Sie hat es mir an unseren ersten Nachmittag in der Küche gesagt." setzte Karo fort. Betretenes Schweigen war die Antwort. „Wolfgang?" fragte Karo nach und er meldete sich leise. „Da konnte sie es doch noch gar nicht wissen. Wir hatten ja erst zwei Tage zuvor ..." das Ende ließ er aus und Karo hörte Sofie im Hintergrund. Sollte sie nun mit ihrer Neuigkeit herausplatzen und alles noch komplizierter machen?

Sie beschloss noch etwas damit zu warten und erst mal Wolfgangs Probleme zu lösen. Konnte er reden mit Sofie im Zimmer? Dann sagte er „Sie ist in ihrem Zimmer." offensichtlich hatte er ihr Zögern richtig gedeutet. „Habt ihr ein Kondom benutzt?" „Was denkst du von mir? Natürlich!" „Und es war auch noch intakt?" „Ja. Ich habe es Susi zum Entsorgen gegeben." „Du hast was?" fragte Karo und hatte einen Verdacht. Anscheinend hatte es Wolfgang immer noch nicht verstanden, denn er schilderte den Ablauf ziemlich präzise, ohne zu stoppen. Karo schüttelte den Kopf und sah zur Zimmerdecke. „Männer!" dachte sie nur und zögerte. Sollte sie ihm erklären, was er noch nicht begriffen hatte? Dann hörte sie an seiner Stimme, dass er begann zu begreifen. „Ach du Scheiße!" brachte er heraus und danach ein „Verzeih mir." aber er hatte ja irgendwie recht.

Nun war der Zeitpunkt für Karo gekommen, ihre Neuigkeit zu erzählen. Nur wie beginnen? Ging sie damit das Risiko ein, dass er jede Verbindung zu ihr sofort abbrach? „Du weißt doch noch, dass du mich an dem ersten Abend mit Ruth verwechselt hast? Als ich das Nachthemd deiner Frau getragen habe." fragte Karo vorsichtig „Ja? Warum?" fragte er zurück. „Ich weiß nun warum. Aber flipp nicht gleich aus. Hörst du? Bitte!" „Ja. Erzähl schon!" forderte er ungeduldig „Lege bitte nicht auf und höre mir zu." bat sie erneut und setzte dann fort. „Deine Frau war meine Schwester, von der ich bisher nichts wusste." erklärte Karo und auf der anderen Seite war Stille. Sie hörte ihn nur atmen.

Sicher war das zu viel für ihn gewesen. „Du machst Scherze!" hörte sie ihn gepresst antworten. Als sie antworten wollte erlosch das Display. Ungläubig sah sie auf das Telefon. Das Unvorstellbare war passiert. Er hatte einfach aufgelegt! Hatte er ihr nicht geglaubt? Dachte er, sie wolle ihn übervorteilen? Die ersten Tränen tropften auf die Glasscheibe des Gerätes. Er rief nicht wieder zurück. „Verdammt!" schluchzte Karo und warf das Gerät auf das Sofa. Verdammte Ehrlichkeit. Hätte sie es nicht einfach verschweigen sollen? Aber konnte man eine Partnerschaft auf eine Lüge aufbauen? Jedenfalls war sie nun wieder alleine. Das bittere Gefühl fraß sich in ihren Bauch, dass er sich bestimmt nicht wieder melden würde. Irgendetwas zerriss in ihrer Seele.

Karo ging zum Schrank und suchte die Taschentücher, aber den am ersten Advent verbrauchten Vorrat hatte sie noch nicht wieder aufgefüllt. Nur Toilettenpapier war ausreichend vorhanden. Mit zwei Rollen saß sie später wieder auf dem Sofa, als das Telefon zu brummen anfing. Ohne zu schauen nahm sie ab „Du elende Schlampe!" schrie Susi sie an, so dass Karo vor Schreck das Telefon fallen ließ. Es schlug auf die Kante des Tisches und der Akku löste sich aus dem Gerät. Sie versuchte es wieder zusammen zu bauen, doch es ging nicht. Blieb nur das Festnetztelefon. Woher hatte Susi eigentlich ihre Handynummer? Von Wolfgang? Von wem sonst! Hatte er sie angerufen? Für einen Zufall war es zumindest seltsam. Das andere Telefon begann zu klingeln. Eine Dresdener Nummer! Wolfgang oder Susi? Sollte sie ran gehen? Schwere Frage! Sie wollte sich ja nicht wieder anschreien lassen! Schließlich ging sie an das Telefon. Es war Wolfgang.

„Susi hat mich gerade angeschrien!" sagte Karo. „Bist du dir sicher?" fragte Wolfgang und

194

Karo war für einen Moment verwirrt „Natürlich bin ich mir sicher, dass sie mich angeschrien hat. Woher hat sie überhaupt meine Nummer?" fragte sie, doch Wolfgang erwiderte „Nein! Das mit Ruth meine ich. War sie wirklich deine Schwester?" „Ja. Ich denke schon." antwortete Karo und erzählte nun, was sie von der Mutter erfahren hatte. Er schwieg und hörte ihr einfach zu, ohne sie zu unterbrechen. Erst nachdem sie geendet hatte kam es aus ihm heraus „Haben wir uns deshalb schon von Anfang an so gut verstanden?" „Vielleicht schon." setzte Karo nachdenklich hinzu. Aber wie sollte es nun weiter gehen? In ihre Überlegungen hinein sagte Wolfgang „Ich weiß aber wirklich nicht, wo Susi deine Nummer her hat. Vielleicht von deinem Telefon. Das lag ja auf meinem Tisch, als du uns besucht hast." „Glaubst du wirklich, dass sie in meinem Telefon herumgeschnüffelt hat?" „Zuzutrauen wäre es ihr sicherlich." gab Wolfgang nachdenklich zu wissen.

„Jedenfalls ist es nun hin." erklärte Karo und blickte auf die einzelnen Teile auf ihrem Tisch. „Wie soll das nun mit uns weiter gehen?" fragte sie ihn und wieder war Schweigen die einzige Antwort, die sie erhielt. Nach einer Weile sagte er „Das muss sich erst mal bei mir setzen. Ich melde mich." „Ok. Bis später." sagte Karo und hoffte, dass Wolfgang schon bald wieder anrufen würde.

Dann setzte sie sich mit einem Tee neben das Telefon und wartete. Aus dem einen Tee wurden fünf, bis das Telefon wieder klingelte. Vorsichtig sah sie auf die Nummer. War es wieder Susi? Nein, es war ihre Schwester Barbara. Karo hatte Angst den Anruf von Wolfgang zu verpassen, aber andererseits wollte sie ja auch die Schwester nicht abwimmeln.

Schnell nahm sie an und sprach mit Barbara über ihre gemeinsame, unbekannte Schwester. Als sie nach einer halben Stunde fertig waren klingelte sofort wieder das Telefon. „Ich liebe dich." hörte sie Wolfgangs Stimme am Hörer. Ihr Herz machte einen Hüpfer. Alles würde gut werden. Wirklich? Was war mit Susi?

31. Kapitel

Oh Susi!

Jetzt blieb ihm nur noch die Entschuldigung bei Susi. Aber diese wollte er nicht am Telefon machen. Somit würde er also damit warten müssen, bis die Frau wieder in Dresden war. Dann würde sie sich vielleicht auch ein bisschen abreagiert haben. Im Moment schien sie sehr emotional aufgeladen zu sein, wie er der Bemerkung Karos entnommen hatte. Eine andere Sache ging ihm aber auch nicht aus dem Kopf. Wie konnte Susi schwanger sein? Hatte sie wirklich das Kondom benutzt, um ihm ein Kind anzuhängen, wie Karo vermutete? Er kannte Susi nun schon so lange. Seit er hier in Dresden arbeitete, saßen sie nebeneinander. Aber kannte er sie deswegen wirklich? Schließlich hatte er ja auch nicht gewusst, dass sie die Tochter des Chefs war.

Was wusste er eigentlich wirklich von ihr? In seine Überlegungen zu Susi mischten sich aber immer wieder Gedanken an Karo hinein. Die Nachricht von der Verwandtschaft zu Ruth hatte ihn in einen Zwiespalt mit sich selbst geworfen. Konnte er sie wirklich lieben? Würde dann nicht immer Ruth zwischen ihnen stehen? Immer weniger dachte er, dass ihr Zusammentreffen Zufall gewesen war. Vielleicht hatte Ruth das alles irgendwie eingefädelt. Er war kein wirklich gläubiger Mensch, aber seine Frau war jeden Sonntag in die Kirche gegangen. Manchmal hatte er sie dorthin begleitet, aber er hatte nie einen richtigen Zugang zu dieser Religiosität bekommen. War dies hier nun ein Zeichen, dass sie doch Recht gehabt hatte? Und ihm, sozusagen aus dem Jenseits, damit eine Botschaft gesendet hatte? Es schien zumindest so zu sein.

Doch nun schob sich das Problem mit Susi wieder in den Vordergrund. Wie sollte er da vorgehen? Konnte ihm da auch Ruth helfen? Er nahm das Bild vom Schränkchen und sah seine Frau an. „Hilf mir." sagte er leise, fast wie ein Gebet. Dann klingelte das Telefon. Eine Festnetznummer und es war Susis Anschluss. „Wir müssen reden." sagte die Frau betont ruhig und leise. „Bei dir in einer halben Stunde?" fragte er und sie sagte dem Treffen zu. Sofie tobte wieder an ihm vorbei. Konnte er sie alleine lassen? Er fragte sie und sie stimmte zu. Mit gemischten Gefühlen machte er sich auf den Weg. Was würde Susi sagen?

Und würde das Haus noch stehen, wenn er später wieder heim kommen würde?

Mit dem Auto war es nicht so weit bis zur Wohnung von Susi. Er kannte die Adresse, aber er war noch nie darin gewesen. Was würde ihn erwarten? Wolfgang zögerte vor dem Haus, bevor er den Klingelknopf betätigte.

Sie öffnete mit verheulten Augen. Bisher hatte sie immer auf ihr Äußeres besonderen Wert gelegt und nun das hier. Es schien ihr wirklich nicht gut zu gehen, doch was konnte er tun, um ihr das Leid ein bisschen erträglicher zu machen? Wenig später saßen sie in der Stube, die ganz hübsch eingerichtet war, auf zwei Stühlen durch den Tisch voneinander getrennt. Wie anfangen? Das dachte sicher nicht nur er, denn es herrschte zunächst eisiges Schweigen. Dann begann er „Es tut mir leid, aber ich werde für mein Kind da sein." Sie schluckte und schüttelte den Kopf. „Da gibt es noch kein Kind. Ich habe mich getäuscht. Vielleicht wollte ich es nur viel zu sehr." erwiderte sie leise und er sah ein paar Tränen über ihre Wange laufen. Er hatte das Gefühl, sie in den Arm nehmen zu müssen, um sie zu trösten. Doch er ließ es. Es würde ihr vielleicht nur Hoffnungen machen, die er nicht erfüllen konnte. Nicht erfüllen wollte.

„Warum hast du eigentlich mich erwählt?" fragte er nun, um sie von ihrem Schmerz abzulenken. „Ich habe mitbekommen, wie mein Vater dich vergöttert. Da habe ich mir einfach gedacht, dass er sicher nicht den Falschen mit seiner Gunst versehen hat. Alles schien so perfekt zu sein. Kind, Haus und du. Dazu auch noch jemanden, den mein Vater mag. Er ist ziemlich wählerisch." sagte sie schluchzend. „Aber du musst doch niemanden wählen, den dein Vater mag. Such dir jemanden, den du magst. Dein Vater ist ein verständiger Mann. Er wird deine Entscheidung sicher akzeptieren." erklärte Wolfgang und Susi sah ihn mit großen Augen an. „Meinst du wirklich?" fragte sie leise und Wolfgang konnte ihr nur zustimmen.

„Du hättest also dein Leben lang mit mir verbracht, nur weil dein Vater mich mag?" fragte Wolfgang zweifelnd und Susi stimmte ihm nickend zu. „Ein bisschen habe ich dich auch geliebt. Sonst hätte ich mich dir nicht hingegeben." setzte sie leise hinzu. „Oh Susi!" entfuhr es Wolfgang. „Ein bisschen ist doch nicht genug für ein ganzes Leben! Mache doch noch ein paar

Tage Urlaub beim Skifahren in der Hütte. Du findest da sicher jemanden. Du, mit deiner Figur." setzte er fort und sie lächelte ihn an „Dann lieber auf die Malediven. Da sieht man meine Figur wenigstens." erwiderte Susi. Nun konnte auch er nur lächeln und reichte ihr ein Taschentuch. Dann stand er auf und sagte „Bitte las Karo in Ruhe." Sie wirkte verlegen und ergänzte „Das mache ich. Und ich werde mich bei ihr entschuldigen. Auch bei meinem Vater rufe ich gleich an."

An der Wohnungstür verabschiedeten sie sich mit einem Händedruck. Er sah wohl, dass sie ihm einen Kuss geben wollte, doch er zog sich ein Stück zurück. Es sollte nicht gleich wieder beginnen. Zuerst brauchten sie nun ein bisschen Abstand. „Ich wünsche dir viel Glück bei deiner Suche." sagte er zum Abschied und sie bedankte sich. Wenig später saß er wieder im Auto vor dem Haus. Wolfgang ließ sich das Gespräch noch einmal durch den Kopf gehen. Nun war er für Karo frei.

Er starrte lange vor sich hin, bevor er das Auto endlich anließ. War nun wirklich alles klar? Er dachte daran, dass Karo eigentlich seine Schwägerin war. Doch nun zog es ihn erst einmal heim.

Schließlich war Sofie jetzt schon seit zwei Stunden alleine zuhause. Würde er die Wohnung noch wiedererkennen? Völlig unerwartet war alles noch in Ordnung. Sofie tanzte immer noch mit dem Kater durch die Wohnung. Nur die Musik war etwas zu laut für Wolfgangs Ohren.

Dem Kater schien das aber nicht viel auszumachen. Nun blieb eigentlich nur noch mit Sofie über die weitere Familienplanung zu reden, denn die Tochter war ein wichtiger Teil seines Lebens und er konnte sich nicht vorstellen, dass er so etwas Wichtiges nicht mit ihr bereden würde. Er dachte daran, dass er dies bei Susi nicht gemacht hatte und vielleicht war Sofie deshalb so ablehnend der Frau gegenüber gewesen.

32. Kapitel

Erlöst

Es war Abend geworden, als zuerst Susi anrief und sich bei Karo entschuldigte und wenig später auch Wolfgang sich bei ihr meldete. Nun schien eigentlich alles soweit geklärt, aber Karo hörte schon noch in der Stimme des Mannes den Stress heraus. Er wollte noch mit Sofie reden, doch da Karo die Tochter gut kannte, vertraute sie der Zwölfjährigen. Allerdings blieb nun die Frage: was kam nun? Im Prinzip hatte Susi ihr den Weg freigemacht und alle Zweifel, die Karo bisher gehabt hatte, waren damit dahin. Gab es eine gemeinsame Zukunft für Karo mit Wolfgang? Ja! Eigentlich hing nun alles nur noch von Sofie ab.

Wie gebannt starrte Karo auf das Telefon. Während die Trümmer ihres Handys immer noch auf dem Tisch lagen. Das würde wohl nie wieder funktionieren. Wie lange konnte es dauern, mit der Tochter zu reden? Die Minuten dehnten sich zu Stunden und das dauernde auf das Display starren machte es auch nicht viel leichter. Als das Telefon dann endlich klingelte hätte Karo es fast fallen gelassen. Wolfgang sagte „Alles ist gut."

Und Karo atmete hörbar aus. „Kann ich euch dann morgen besuchen kommen?" fragte sie schnell und von der anderen Seite kam sofort ein „Natürlich!" zurück.

Am liebsten wäre sie ja gleich losgefahren, aber in der Dunkelheit war ihr das einfach zu gefährlich. Da wartete sie dann doch besser auf den nächsten Morgen. Damit hatte sie viel Zeit, um jetzt zu überlegen, was nun werden würde. Zuerst kam das Weihnachtsfest und dann? Es würde auf einen Umzug nach Dresden hinauslaufen. Auf eine neue Arbeit und neue Freunde. Aber vor allem auf ein Leben mit Wolfgang und Sofie! Wieso war sie auf einmal so sicher? Alle Zweifel, die sie je gehabt hatte, hatten sich zerstreut. Wie von Zauberhand dahingerafft. Weg! Sie würde von nun an bei Wolfgang sein. Ihr Herz machte einen Sprung.

Mit einem Mal fiel Karo ein, dass sie damit noch eine Menge zu tun hatte. Sie musste alles kündigen. Die Wohnung, die Arbeit, Telefon, Wasser und Strom. Wenn sie Glück hatte, dann würde die Wohnung schnell neu vermietete werden und sie brauchte die drei Monate Miete nicht mehr zu bezahlen. Schnell klappte sie das Notebook auf und begann zu tippen. Der Drucker spuckte ein Blatt nach dem nächsten aus. Dann rief sie Wolfgang wegen der Arbeit an. Es war fast Mitternacht und trotzdem meldete sich der Mann sehr schnell.

„Hilfst du mir bei einer neuen Arbeit?" fragte sie und er antwortete sofort „Wenn ich der Stellvertreter meines Chefs werde, dann wird mein Schreibtisch frei. Wenn es dir nichts ausmacht, neben Susi zu arbeiten?" „Kein Problem. Hoffe ich." antwortete Karo und gab ein „Schlaf schön." nach Dresden. Dann druckte sie weiter. Blatt für Blatt, bis ein richtiger Blätterstapel auf dem Küchentisch lag. Es war früh um fünf Uhr, als sie den letzten Zettel unterschrieben hatte und der letzte Brief zugeklebt war. Nun ging es an das Koffer packen. Für zwei Wochen erst mal. Den Rest würden sie dann nach Weihnachten holen.

Ein paar Tage würde sie ja auch noch hier arbeiten müssen. Die Übergabe konnte ja etwas dauern. Als es dann endlich hell wurde, hatte sie nicht eine Minute geschlafen, aber sie war hellwach. Die Frau schleppte den Koffer nach unten und schloss ihn im Auto ein. Dann ging sie mit den Briefen zur Post. Eine Schlange von Menschen wartete dort, um Weihnachtskarten loszuschicken. Wenn sie Briefmarken gehabt hätte, so wären die Schriftstücke schon unterwegs, aber so musste sie in der Menschenschlange warten. Nach fast einer Stunde war sie ihre Post los. Auf dem Rückweg zum Auto holte sie sich bei dem kleinen Bäcker an der Ecke zwei halbe, belegte Brötchen, die sie neben sich auf den Beifahrersitz legte und während der Fahrt aufessen würde. Keine Minute wollte sie mehr warten!

Die Fahrt war rasend schnell. So als ob sie ein Seil zusätzlich nach Dresden zog. Es dauerte nur knapp eine Stunde, dann bog sie in die Straße ein. Sofie baute neben den Schneemann vor dem Haus einen Zweiten, eine Schneefrau, und rannte auf sie zu. „Tante Karoline!" rief sie und Karo musste schlucken. Hatte Wolfgang ihr alles gesagt? Oder nur, dass sie die Tante war? Hatte sie einen Fehler gemacht, als sie so schnell alle Brücken hinter sich abgebrochen hatte? Der Zweifel, der schon längst zum Schweigen gebracht schien, brüllte sie wieder an. Ihre Beine begannen zu zittern, doch dann erlöste sie Sofie mit dem Satz „Schön, dass du jetzt bei uns wohnen wirst." nun kam auch Wolfgang zu ihr, nahm ihr den Koffer ab und küsste sie. „Schnell. Komm rein. Hier draußen ist es kalt." sagte er und zog sie hinter sich her. Da Sofie ihre andere Hand nicht losließ zog Karo das Mädchen einfach hinter sich her.

Wie bei der goldenen Gans sah das aus und sie musste lachen.

Drinnen sagte Wolfgang zu ihr „Willkommen in deinem neuen Zuhause." der Kater saß auf dem Tisch, gähnte und nickte ihr zu. Dann sprang er herunter und rieb seinen Kopf an ihrem Hosenbein, während sie die Jacke auszog und Sofie diese zur Garderobe brachte. „Möchtest du einen Tee?" fragte Wolfgang und Karo nickte ihm zu. Sofie zog sie zum Sofa und Karo wäre fast über den Kater gefallen, der nicht von ihren Beinen abließ. Dann setzte sie sich und sofort begann Sofie sie mit allen möglichen Fragen zu bestürmen, die sie selbst nicht beantworten konnte, denn sie kannte Ruth ja nicht. In den nächsten Tagen würde sie von Sofie alles zu ihrer Schwester erfragen müssen.

Karo merkte kaum, dass Wolfgang auch schon wieder in dem Zimmer war. Erst nach einer ganzen Weile ließ das Mädchen endlich von ihr ab. Die Zwölfjährige nahm den Kater hoch und ging mit ihm in ihr Zimmer. Nun konnte sich Wolfgang neben sie setzen und mit einem erneuten Kuss begrüßte. „Ich muss noch meinen Koffer auspacken. Hast du da Platz für mich?" fragte Karo nach ein paar zärtlichen Momenten und er nahm sie bei der Hand. Er führte sie zu dem Schrank, in dem zuvor die Sachen der Schwester gewesen waren. Nun war der Schrank leer und bereit für sie.

Sie bedankte sich mit einem Kuss für den Schrank und wusste auch, dass es dem Manne bestimmt nicht leicht gefallen war, sich von den Sachen seiner Frau zu trennen. Die standen jetzt sicher irgendwo verpackt auf dem Dachboden. Nach ein paar Minuten war alles verstaut und sie ging in die Stube zurück.

Obwohl es ja erst Nachmittag war wurde es eine ziemlich verschmuste Zeit auf dem Sofa. Die sie mit Küssen und Streicheln verbrachten. Das Abendessen nahmen sie dann wie eine ganz normale Familie in der Küche ein. Danach setzte sich Karo wieder auf das Sofa, doch die durchwachte letzte Nacht forderte ihren Tribut von der Frau ein.

Es zog ihr immer wieder die Augen zu und dann war sie eingeschlafen. Im Traum sah sie Ruth, die ihr zulächelte.

33. Kapitel

Vorbereitungen für das Fest

Er hatte sie einfach schlafen lassen und still betrachtet. So im Schlafen kamen die bekannten Züge noch mehr zur Geltung. Zuerst war er erschrocken, als er gehört hatte, das Karo Ruths Schwester war, doch dann hatte er begriffen, was sie beide zusammen geführt hatte. Hatte er nun eine zweite Chance bekommen? Natürlich war Karo nicht Ruth. Das wusste er. Aber sie ähnelten sich in ihrer Art. Auch wenn sie sich nie kennen gelernt hatten. Schlafend sah sie aus wie ein Engel und er konnte sich stundenlang nicht von dem Bild loslösen. Dann hatte er vorsichtig eine Decke über sie gedeckt und die Frau auf dem Sofa schlafen lassen.

Nun begann der neue Tag und er hörte sie schon in der Küche arbeiten, als er das Zimmer verließ. Auch Sofie schaute verschlafen aus ihrem Zimmer. Zusammen gingen sie zur Küche und hörten sie zur Musik des Radios ein Lied singen. Genauso falsch, wie es Ruth immer gemacht hatte. „Guten Morgen. Ihr habt mich also auf dem Sofa schlafen lassen?" sagte sie gutgelaunt zur Begrüßung. Die Brötchen waren gerade fertig und so setzten sie sich zu dritt an den Tisch.

„Ich habe ja noch gar keine Geschenke für euch. Die werde ich heute holen. Habt ihr einen besonderen Wunsch?" fragte Karo und sie überlegten beide, was sie sich wohl wünschen sollten. Dann antwortete Karo „Baust du heute den Baum auf, damit wir den noch schmücken können?" und Sofie sagte sofort zu, ihm zu helfen. Die nächste Frage kam sofort „Was esst ihr den an den Feiertagen? Fisch? Bei uns gab es immer Kartoffelsalat und Würstchen am Heiligen Abend." „Bei uns auch." platze Sofie heraus. „Fein! Ein Essen schon geklärt. Und danach? An den Feiertagen?" fragte Karo nach.

Schließlich einigten sie sich auf eine Gans und es war auch schon Zeit, das Karo in die Stadt aufbrach. Er ging mit der Tochter hinter das Haus und sah sich den Baum an. Wenig später hatten die mitgebrachten Reisigzweige die kahlen Stellen etwas kaschiert. Der Baum sah nun wirklich großartig aus und Sofie hob den Daumen. „Habe ich dir das nicht gesagt?" verriet ihr strahlendes Gesicht.

Kurz darauf stand der Baum in der Stube und nun schoben sie ihn hin und her, bis sie endlich die richtige Position für den Weihnachtsbaum gefunden hatten. „Jetzt suchen wir noch den Baumschmuck und wenn Karo wiederkommt, dann schmücken wir das Bäumchen gemeinsam." sagte er und Sofie lief auch schon auf den Dachboden, um die Kiste mit den Weihnachtsbaumkugeln zu holen. Als dann das Auto von Karo wieder in die Einfahrt einbog, hatten sie alles beisammen. Es stapelten sich einige Kisten in der Stube, denn sie konnten sich nicht entscheiden, ob sie nun rote, bunte oder goldenen Kugeln an den Baum hängen sollten.

Dazu brauchten sie einen unparteiischen Schiedsrichter. Mit der Gans in der Hand trat Karo in die Wohnung und wurde sofort von Sofie bestürmt. „Lass mich erst mal den Vogel in den Kühlschrank legen." sagte Karo lachend im Flur und hatte gerade noch die Zeit, das Flügeltier in der Kühltruhe zu verwahren. Aber zum Jacke ausziehen kam sie nicht mehr. „Rot, Gold oder Bunt?" war Sofies Frage und mit der Hand zeigte sie auf die verschiedenen Kartons. „Grüner Baum, rote Kugeln!" erklärte Karo schnell und versuchte die Jacke wegzubringen. „Warum?" wollte Sofie wissen, doch die Frau zuckte nur mit den Schultern. „Ich weiß es nicht. Ich finde das schön." entgegnete Karo und dagegen konnte Sofie nichts sagen.

„Also Rot!" murmelte die Tochter und schob die Kiste mit den roten Kugeln auf dem Tisch ganz nach vorn. Nachdem Karo die Jacke nun endlich weggehängt hatte, ging alles ganz schnell. Gemeinsam schmückten sie den Baum. Zuerst die Kugeln, dann die Lichter und zum Schluss das Lametta. Nun war nur noch eine ungeöffnete Schachtel auf dem Tisch. Vorsichtig nahm Sofie diese in die Hand und sagte „Da ist der Engel für die Spitze drin. Den hat immer Mutti oben drauf gesteckt." Vorsichtig öffnete sie den Deckel und holte das zerbrechliche Geschöpf aus Glas heraus. „Willst du ihn in diesem Jahr am Baum anbringen?" fragte sie Karo und die nickte.

Er sah, dass sie schlucken musste, als sie den Engel vorsichtig entgegen nahm und danach ganz oben am Baum befestigte. Sie hatte dazu einen Stuhl an den Baum geschoben und war dabei auch ganz achtsam gewesen. Nun schaltete Wolfgang das Licht zur Probe ein und es erstrahlten alle Lämpchen. Dann war es auch schon Zeit für den Stollen und den Kaffee. Daher ließ er einfach die Lampen an. Zu solch einer feierlichen Gelegenheit konnte man den Baum auch mal anlassen.

Beim Kaffee trinken sagte Karo plötzlich „Ich habe ja noch etwas mitgebracht." Sie ging zur Garderobe und holte ein kleines Päckchen herüber. Dann gab sie es Sofie und die öffnete es. In dem Karton waren kleine Schmetterlinge aus Papier und Stoff. „Vielleicht können wir die auch noch am Baum anbringen? Was meinst du?" fragte sie die Zwölfjährige und die war sofort am Baum und verteilte die kleinen Schmetterlinge auf den Zweigen des Tannenbaumes.

Später saßen sie alle noch lange neben dem Baum, den Wolfgang den Rest des Tages nicht mehr ausschaltete. Erst spät am Abend bekam er Sofie dann endlich in das Bett und auch Strolchi war erst jetzt davon abzubringen, den Schmetterlingen nachzujagen. Doch schließlich legte sich der Kater zu Sofie in das Bett. Karo deckte das Mädchen und den Kater zu und er sah ihr von der Tür aus zu. Ein warmes Gefühl machte sich in ihm breit. Er hatte die richtige Frau für sich und die Tochter gefunden. Nun war er sich endgültig sicher.

Lächelnd kam die Frau auf ihn zu „Hast du für mich auch ein Plätzchen für die Nacht? Oder soll ich wieder auf dem Sofa schlafen?" fragte sie mit einem umwerfenden Wimpernaufschlag.

„Wenn du möchtest, dann kannst du in meinem Bett schlafen." sagte er, nicht ohne Hintergedanken und lächelte zurück. „Na dann los." antwortete sie und er ergriff ihre Hand.

Gemeinsam gingen sie in das Schlafzimmer hinüber. Ein langer Kuss hinter der sorgfältig verschlossenen Tür folgte. Er spürte sein Herz bis zum Halse schlagen.

34. Kapitel

Eine schöne Bescherung

Den ganzen Tag schon hatte es sie immer mehr zu dem Mann hingezogen. Nun, da Susi nicht mehr zwischen ihnen stand, war eigentlich alles gut. Sie konnte ihre Gefühle freilassen. Jede zufällige Berührung jagte Schauer durch Karos Körper. Am Abend auf dem Sofa drückte sie sich ganz eng an ihn heran. Die Lämpchen an dem Baum leuchteten und verbreiteten eine festliche Stimmung im ganzen Raum. Aramis versuchte immer die Schmetterlinge von dem Baum zu jagen und so mussten sie oder Sofie abwechselnd den kleinen Schmetterlingsjäger mit etwas anderem beschäftigen. Im Moment lag Strolchi auf ihren Knien, blinzelte sie an und schnurrte. Es fühlte sich alles so gut an. Dann kam Sofie, holte den Kater und ging mit ihm in ihr Zimmer. Doch schon wenig später waren der Kater und die Tochter wieder da. Nur ein kurzer Moment der Zweisamkeit war es gewesen.

Erst spät am Abend bekam Wolfgang seine Tochter dann doch noch in das Bett und auch Strolchi war erst jetzt endgültig davon abzubringen, den Schmetterlingen nachzujagen. Schließlich verschwand er zu Sofie. Karo folgte ihm, deckte das Mädchen und den Kater zu. Das war so ein süßes Bild, wie die zwei dort lagen, dass Karo unwillkürlich lächeln musste. Anschließend ging sie auf Wolfgang zu, der an der Tür gewartet hatte, und fragte „Hast du für mich auch ein Plätzchen für die Nacht? Oder soll ich wieder auf dem Sofa schlafen?" „Wenn du möchtest, dann kannst du in meinem Bett schlafen." antwortete der Mann „Na dann los." sagte sie leise, schloss die Tür des Kinderzimmers hinter sich und er ergriff ihre Hand. Er zog sie hinter sich her in das Schlafzimmer hinüber. Ein langer Kuss hinter der geschlossenen Tür folgte. Karo zuckte zusammen, als sich die Lippen endlich trafen. Wie ein Blitz jagte ein heißer Strahl durch ihren Körper und sie drückte sich dem Mann entgegen. Zwar hatten sie sich schon auf dem Sofa geküsst, doch nun war es etwas anderes. Zärtlich berührten sie sich.

Betont langsam streiften sie sich gegenseitig die Kleidung ab, ohne den Kuss lange zu unterbrechen. Ihr Herz stand in Flammen. Wieder dachte sie an die Kondome, aber Wolfgang hatte welche in seinem Nachtschrank. Er zog die Packung heraus und brauchte zwei Versuche, bis er eines aus der Schachtel gezogen hatte. Seine Finger zitterten vor Aufregung. Nun war nicht mehr aufzuhalten, was ihre Seele sich gewünscht hatte. Streichelnd und küssend fielen sie auf das Bett.

Gegenseitig trieben sie sich unaufhörlich einem gemeinsamen Höhepunkt entgegen. Schon kündigten sich die ersten Wellen an und dann brach es über Karo in einem Sternenregen zusammen. Sie musste die Gefühle herausschreien und es war ihr egal, dass Sofie keine drei Meter entfernt, direkt hinter der Wand, schlief. Dann war es auch bei Wolfgang soweit. Stöhnend entleerte er sich Schub um Schub in sie, doch irgendwie fühlte es sich anders an. Sie horchte den letzten Wellen des gerade erlebten Höhepunktes nach, aus dem sie der Mann herausriss, als er sagte „Mist. Da war ich wohl zu stürmisch." sofort war sie wieder hellwach, sah auf das geplatzte Stück Gummi und setzte sich auf. Karo zog das Handy des Mannes vom Nachttisch und suchte darin die entsprechende App, die sie auch auf ihrem Handy hatte, nur das dieses ja kaputt war.

Während Wolfgang die Reste des Kondoms im Bad entsorgte, rechnete sie nach und nachdem der Mann wieder in das Zimmer gekommen war zeigte sie ihm, das Handy „Ich vertrage die Pille nicht und habe damit einen 97 Prozentige Wahrscheinlichkeit, dass ich gerade eben schwanger geworden bin." sagte sie und er antwortete ihr „Da haben wir die Bescherung." Mit einem Male mussten beide lachen. Sie saßen nebeneinander im Bett und bekamen sich fast nicht mehr ein. Erst nach einer Weile hatten sie sich wieder beruhig. Wolfgang nahm das Telefon zurück und drückte die Anzeige weg. Dann zeigte er auf einen kleinen blinkenden Brief. „Zwei Nachrichten." sagte er. Den ganzen Tag hatte das Telefon dort auf dem Nachtschränkchen gelegen. Karo sah ihn schräg an. Musste er nun wirklich diese Nachrichten lesen? Sie saßen nackt im Bett und es war noch so viel Zeit zum Schmusen und Kuscheln.

Schnell wollte sie ihm das Handy wieder wegnehmen, doch da hatte er die Nachricht schon geöffnet. „Von Susi. Sie ist auf den Malediven gelandet." erklärte er und klickte die Nachricht weg. Dann öffnete er die zweite und Karo sah, dass ihm der Unterkiefer herunter klappte. „Was ist?" fragte sie und er begann vorzulesen. „Bitte wirf die Kondome weg, die ich dir gegeben habe. War eine blöde Idee von mir." „Was meint sie damit?" fragte Karo und zog ein zweites aus der Schachtel. Dann sah sie sich die Packung an, aber da war nichts Auffälliges zu sehen. Erst als sie es gegen das Licht hielt, sah sie, dass da ein kleines

Loch in der Mitte war. Wohl von einer Nadel hindurchgestochen.

„Wenn ich die Nachricht eher gelesen hätte…" begann Wolfgang, doch Karo fiel ihm ins Wort „Das hätte vielleicht für heute was gebracht, aber ich fühle mich sehr wohl bei euch. Früher oder später wäre es sowieso passiert." Der Mann nickte und sie legten sich beide zurück in das Bett. Aneinander gekuschelt schliefen sie nach einer Weile des zärtlichen, gegenseitigen Streichelns zusammen ein. So wachten sie dann auch später wieder, Arm in Arm, auf. Ein Kuss vertrieb die Nacht.

Unter der Decke suchten seine Finger ihren Körper und zogen ihre Konturen nach. Selbst über ihr kleines Bäuchlein strichen sie und Karo musste dabei nicht die Luft anhalten. Alles schien gut zu sein. Eine Gänsehaut folgte seinen Fingerspitzen und ein Kribbeln begann in ihrem Bauch. Wieder liebten sie sich stürmisch und auf das Kondom verzichteten sie diesmal gleich von vornherein. Erneut musste sie ihre Lust herausschreien. Der neue Tag wurde damit begrüßt.

Beim Frühstück sah sie den verschmitzten Gesichtsausdruck von Sofie, die offensichtlich alles mitbekommen hatte, aber nichts sagte. Sie nahmen das Frühstück zusammen ein, wie eine richtige kleine Familie. Nun würde alles gut werden und wenn die App richtig lag, dann wären sie im nächsten Herbst auch schon zu viert. Bisher hatte sie sich keine großen Gedanken über Kinder gemacht, doch nun gefiel ihr die Idee. Karo dachte daran, das Sofie schon vier Jahre gewesen war, als Ruth in ihrem Alter gewesen war. Die Schwester hatte viel früher mit der Familienplanung begonnen. Aber sie hatte ja auch mit Wolfgang schon lange den perfekten Partner gefunden gehabt. Bis zu diesem Winter war Karo das ja verwehrt gewesen.

Sie dachte an ihren Ex-Freund zurück. Vielleicht war er es gewesen, der bei ihr ein Umdenken ausgelöst hatte. Und erst seine Untreue hatte auch den Weg zu Wolfgang geebnet. Und natürlich der kleine Kater, der gerade in das Zimmer kam und sich unter dem Tisch an ihrem nackten Bein rieb. Karo griff nach unten und streichelte das Samtpfötchen. Dann dachte sie an die letzte Nacht zurück, legte ihre Hand auf ihren Bauch und glaubte daran, dass sie das kleine Leben in sich schon spüren konnte. Auch wenn das eigentlich völlig unmöglich war. Doch das Gefühl blieb.

Es war einfach nur schön, sich einfach so völlig geborgen zu fühlen. Noch nie hatte sie dies so deutlich gefühlt, wie hier bei diesen beiden Menschen. Und bei dem kleinen Kater, der gerade auf ihren Schoß sprang und seine Pfote auf ihren Bauch legte, wo sie gerade zuvor ihre Hand gehabt hatte. Karo sah den kleinen Freund an und sie beide nickten sich verstehend zu.

35. Kapitel

Ein geflügelter Botschafter

Endlich war der Weihnachtstag gekommen. Sofie lag zwar noch in ihrem Bett, aber eigentlich konnte sie es kaum erwarten, dass sie nun endlich die Geschenke erhalten würde. Doch das schönste Geschenk hatte sie ja schon in ihrem Arm. Der kleine Kater räkelte sich in ihrem Bett und gähnte. Dann begann er zu schnurren und sie strich mit ihrer Hand über den Kopf des Freundes. Die Tür öffnete sich leise und Karoline schaute in das Zimmer. „Ach. Du bist ja schon wach." sagte sie und Sofie richtete sich vorsichtig auf. Der Kater sprang aus ihrem Bett und rannte zur Tür hinaus. Sicherlich wusste er, dass sein Frühstück schon auf ihn wartete.

Sofie nickte der Frau zu und diese schloss die Tür wieder. Das Mädchen war so froh, dass sie die Frau hatte. In der kurzen Zeit, die sie nun schon hier wohnte, hatte sie einen festen Platz im Herzen des Kindes und sicher auch in dem ihres Vaters gefunden. Das Mädchen konnte sich schon gar nicht mehr daran erinnern, wie das so vorher gewesen war. Sie zog das Bild vom Nachtschränkchen und gab der Mutter einen Kuss.

Dann stand sie auf und ging zur Küche hinüber, wo die anderen schon auf sie warteten.

Plötzlich hatte sie das Gefühl, die Frau zu umarmen und darum machte sie es einfach. Irgendwie fühlte sich das zwar komisch an, wie sie da so am Hals der Frau hing, aber Karoline drückte sie ebenfalls. Leise sagte Sofie „Kommst du heute mit an das Grab meiner Mutter?" und Karoline nickte. „Wollen wir dazu etwas Weihnachtsschmuck mitnehmen? Und einen grünen Zweig von euren Baum?" fragte die Frau und Sofie drehe sich zu dem Baum um. Noch bevor sie antworten konnte, sagte der Vater „Es sind noch ein paar Zweige übrig geblieben. Die liegen hinter dem Haus im Garten. Da könnt ihr euch einen schönen aussuchen." „Fein." rief Sofie und lief zum Weihnachtsbaum.

Sie machte einen der Schmetterlinge ab und brachte ihn in die Küche. Dann fragte sie „Können wir den da einfach mit anbringen?" und Karoline nickte. „Aber erst nach dem Frühstück und dem Waschen!" mahnte der Vater, der sicher schon erkannt hatte, das sie am liebsten sofort nach draußen gerannt wäre, um dort den schönsten Zweig auszusuchen. Nun konnte es nicht schnell genug gehen. Und so kniete sie wenig später, zusammen mit der Frau, hinter dem Haus im Schnee und sie suchten von den verbliebenen Zweigen den Besten aus.

Danach gingen sie mit dem Zweig in das Haus, suchten etwas Schmuck dafür und fuhren mit dem Auto zum Friedhof hinüber. Mit dem Fahrzeug war der Weg gar nicht so weit. Die Wege auf dem Friedhof waren vom Schnee befreit, aber die Gräber waren alle mit einem weißen Tuch aus Schneeflocken bedeckt. Sofie zog die Frau hinter sich her, denn sie wusste ja, wo sich das Grab befand. Zielsicher folgte sie den Wegen und Abzweigungen auf dem großen Gelände, bis sie vor dem Stein stand. Ein kleiner Engel aus Keramik stand oben auf dem Grabstein. Er ragte aus der Schneehaube heraus, die den Stein wie eine Mütze bedeckte.

Mit den Händen schoben sie den Schnee zur Seite und platzierten den Zweig direkt auf dem Grab. Dann schmückten sie ihn mit dem Schmetterling, einer Baumkugel und etwas Lametta. Zum Schluss steckten sie eine Kerze hinein und zündeten sie an. Für ein paar Minuten standen sie einfach nur dort, als sich ein Rabe auf den Grabstein direkt vor ihnen setzte. Nun waren der Engel auf der einen und der Rabe auf der anderen

Seite des Steines. Engel und Rabe waren gleichgroß und beide geflügelt. Sofie sah Karoline von der Seite aus an und die Frau sagte zu ihr „Raben sind Botschafter aus einer anderen Welt. Vielleicht bringt er eine Nachricht von deiner Mutter, meiner Schwester." und genau in dem Moment, wo die Frau dies sagte, spreizte der Rabe seine Schwingen und ließ ein heißeres Krächzen hören, so als wolle er die Worte bestätigen.

„Darf ich ihn streicheln?" fragte Sofie die Frau, doch die zuckte mit den Schultern. „Versuche es." sagte sie. Das Mädchen trat vorsichtig einen Schritt vor und fuhr dem Vogel mit der Hand über den Kopf. Der Rabe ließ sich das gefallen, flog danach aber schnell vom Grab weg. Noch eine ganze Weile sah sie zu dem Vogel, der einige Runden über ihr drehte. „Er nimmt deine Nachricht jetzt sicher mit auf die andere Seite." sagte Karoline, die auch dem schwarzen Vogel nachsah. „Zu meiner Mutter?" fragte Sofie überrascht und die Frau nickte. Nun winkte das Mädchen dem Vogel noch einmal zu, bis er mit einem erneuten Krächzen verschwand.

„Wollen wir hinter dem Haus ein kleines Vogelhäuschen aufstellen? Da könnten wir die Meisen und Spatzen beobachten." fragte die Frau und

Sofie war sofort von dieser Idee begeistert. Auf dem Nachhauseweg bogen sie vor einem Baumarkt ab, kauften ein kleines Vogelhaus sowie etwas Futter und bauten es dann nach dem Eintreffen hinter der Wohnung auf. Sie stellen es so, dass sie es von der Küche aus sehen konnten und es dauerte gar nicht lange, bis die ersten gefiederten Gäste dort eintrafen.

Strolchi setzte sich auf das Fensterbrett, um die gefiederten Besucher zu beobachten. Er richtet sich sogar auf die Hinterpfoten auf, um noch besser sehen zu können. Karoline sagte „Nun haben auch die Vögel ein schönes Weihnachtsfest." und Sofie konnte daraufhin nur bestätigend nicken. Plötzlich ließ sich auch der Rabe wieder sehen. Er kreiste über dem Haus und setzte sich danach einfach oben auf das Dach der Futterstelle. Die anderen Vögel suchten schnell das Weite, doch der Rabe hatte es nicht auf sie abgesehen, sondern saß einfach da und schaute zum Haus, so wie Sofie zu ihm sah.

Da lag etwas in der Luft, was sie nicht deuten konnte und dann sagte Karoline „Sicherlich ist er mit einer Botschaft für dich wieder zurück." sagte sie und Sofie sah die Frau an. „Was sagt er denn?" „Er sagt: frohe Weihnachten Sofie." antwortet die Frau und Sofie entgegnete „Echt?" da zeigte die Frau auf den Raben, der genau in dem Moment mit dem Köpfchen nickte, seine Schwingen ausbreitete und davonflog. „Frohe Weihnachten und guten Flug." rief sie dem Raben hinterher, doch da war er schon in den Wolken verschwunden, aus denen es jetzt zu schneien begann.

Draußen wurde es langsam dunkel und es gab Geschenke. Doch dabei flogen ihre Gedanken immer wieder zur Mutter und dem Raben.

36. Kapitel

Frohe Weihnachten

Karo saß am Fenster und wieder liefen ihr die Tränen über das Gesicht. Doch diesmal waren es Freudentränen. Noch vor ein paar Tagen hatte sie sich nicht vorstellen können, wie es mit ihr weitergehen sollte und nun war sie ein Teil einer kleinen Familie geworden. Sie sah zu dem Raben hinüber, der nun schon den zweiten Tag hier auf dem kleinen Vogelhaus saß. Sicher war es ein Gruß ihrer Schwester, so seltsam, wie sich das Tier hier verhielt. Die Frau hatte sich extra einen Stuhl an das Fenster gezogen, um ihn die ganze Zeit zuzusehen. Nun war es also der erste Feiertag und das Frühstück war gerade fertig, als Sofie in die Küche kam und fragte „Kommst du mit in die Kirche?" Karo nickte und stand auf „Kommt dein Vater auch mit?" fragte sie und Sofie drehte sich um.

Wolfgang stand im Flur und hatte seine Jacke schon in der Hand. Sicher hatte er die Frage gehört, denn er zeigte sich genau in diesem Moment. „Natürlich." ließ er sich vom Flur aus vernehmen. „Na dann los." sagte Karo, zog sich die Jacke an und half dann Sofie in die ihrige. Zu dritt gingen sie durch den Schnee bis zu der kleinen Kirche. Doch sie waren ziemlich früh dort, so dass sie sich einen Platz aussuchen konnten. Wenig später wurde es voll in dem kleinen Gotteshaus. Sicherlich waren hier so viele Leute, weil es Weihnachten war. Sonst waren es sicher weniger.

Der Gottesdienst begann und Karo sah sich in der Kirche um. Wieder sah sie die kleinen Engel neben dem Altar und wieder schien ihr einer davon zuzunicken. Noch ein geflügelter Bote. In den letzten Wochen hatte sich so vieles zum Guten gewendet und alles hatte am ersten Advent mit einem kleinen Kater begonnen. Auch er war ein Botschafter gewesen, dessen war sie sich nun gewiss. Es konnte nicht alles Zufall gewesen sein. Dieser kleine graue Kater hatte ihr nicht nur das Weihnachten gerettet, er hatte auch dafür gesorgt, dass Sofie nun wieder etwas fröhlicher war.

Natürlich war der Schmerz um die verlorene Mutter immer noch im Gesicht des Mädchens zu sehen, aber er war etwas in den Hintergrund getreten, seit sie in dieser Familie war. Und schon bald würden sie sicher eine richtige Familie sein. Wolfgang hatte da so ein paar Andeutungen gemacht, die sie nur in diese Richtung denken ließen. Schon bald würde sie hier in Dresden arbeiten und leben.

Sie folgte der Predigt und der Pfarrer erzählte, dass durch das Weihnachtsfest wieder Hoffnung in die Welt gekommen war und in ihrer kleinen Familie traf dies umso mehr zu. Sofie hatte nun Hoffnung auf eine neue Mutter, Karo auf eine neue Familie und Wolfgang auf eine neue Partnerin. Alles Dinge, die sich in der Adventszeit geändert hatten. Als die Glocken zu läuten begannen, gingen sie zu dritt wieder zurück. Hand in Hand, Sofie in der Mitte, folgten sie dem Weg, den sie zuvor zur Kirche gegangen waren. Zuhause angekommen füllten sie das Vogelhaus mit Futter auf, damit die kleinen gefiederten Gesellen auch ein schönes Weihnachtsfest haben würden.

In der Wohnung wurde sie von dem Kater begrüßt, der sofort wieder schnurrend um ihre Hosenbeine strich. Karo hob den Kater auf ihren Arm und streichelte ihn. Dann sagte sie zu ihm. „Danke, dass du unser Weihnachtsfest gerettet hast. Ich wünsche auch dir eine frohe Weihnacht." Nun streichelten auch Wolfgang und Sofie den kleinen Kater, der sich das gern gefallen ließ.

Sofie zog ihre Jacke aus und sagte „Nun sind wir wieder eine richtige Familie." Karo ließ den Kater auf den Fußboden. Wischte sich eine Träne ab und drückte das Mädchen ganz fest an sich. „Ja. Das sind wir nun." sagte Karo, dann trat Wolfgang zu ihr und küsste sie. Alles war gut.

ENDE

Von Uwe Goeritz im Verlag BoD (Books on Demand, Norderstedt) ebenfalls erschienene Bücher:

„Cecilia im Bann der Liebe"
ISBN lautet: 978-3-7392-4583-6
Altersempfehlung: ab 16 Jahre

„Was ist Liebe und warum kann sie uns in ihren Bann ziehen? Kann Mann oder Frau das mit dem Kopf entscheiden? Oder ist da eine rationale Entscheidung völlig unnütz? Cecilia, die Heldin dieser Geschichte, beginnt ihrem Kopf zu folgen, wo sie ihrem Herz hätte folgen sollen.

Gibt es für sie die Chance, diese Entscheidung zu revidieren? Oder bleibt sie allein und unglücklich zurück?"

112 Seiten für 6,49 Euro

„Für Immer an deiner Seite"
Die ISBN lautet: 978-3-7412-8407-6
Altersempfehlung: ab 16 Jahre

„Eine junge Frau schaut sich um und blickt zurück auf ihr Leben. „Wann ist die Liebe eigentlich erloschen?" fragt sich Maria, die Heldin dieser Geschichte. Im täglichen Kleinklein des Lebens hat sie sich viel zu weit von ihrem Mann entfernt. Oder er sich von ihr? Gibt es noch eine Chance?

Ist noch etwas Glut unter der Asche ihrer Liebe und kann der Wind der Veränderung die Flamme ihrer Liebe neu entflammen? Oder verweht der letzte Funken für immer und es beginnt ein neues Leben? Mit einem anderen?"

112 Seiten für 6,49 Euro

„Die Liebe ist (k)ein Ponyhof"
Die ISBN lautet: 978-3-7412-7920-1
Altersempfehlung: ab 16 Jahre

„Manchmal geht es in der Liebe zu wie in einem Ponyhof. Zwei Treffen sich und trennen sich wieder, oder sie bleiben zusammen für immer und bilden eine kleine Familie. Ramona, die Heldin dieser Geschichte, liebt ihr Pflegepferd Rodrigo über alles.

Außer ihm hat sie keine Freunde, weder auf Arbeit noch privat klappt es bei ihr.

Durch Rodrigo ist sie mit der Welt verbunden und durch den Hengst findet sie ihr Glück. Im Ponyhof und auch in der Welt."

116 Seiten für 6,49 Euro

„Griechische Küsse"
Die ISBN lautet: 978-3-7448-7274-4
Altersempfehlung: ab 16 Jahre

„War ihr ganzes bisheriges Leben eine einzige Lüge? Diese Frage stellt sich Jette, die Heldin dieser Geschichte. Nach dem Tod ihrer Mutter findet sie Hinweise darauf, dass die Geschichten, die ihr die Mutter über ihren Vater erzählt hatte, so nicht ganz stimmten.

Sie macht sich auf die Suche nach ihm und beginnt eine Reise, auf den Spuren der Mutter, in eine Zeit, in der ihr Leben einst begann. Auf Kreta stolpert sie Grigori in die Arme und es scheint so, als ob die Geschichte ihres Lebens vollkommen neu geschrieben wird. Oder doch nicht? Macht sie die Fehler ihrer Mutter ebenfalls? Wiederholt sich die Geschichte?"

116 Seiten für 6,49 Euro

„Liebe hinter Klostermauern"
Die ISBN lautet: 978-3-7448-8973-5
Altersempfehlung: ab 16 Jahre

„Ein Leben wie im Kloster? Wollte sie das wirklich? Das fragt sich Karla, die Heldin dieser Geschichte, als sie auf Drängen ihrer Eltern in eine Hauswirtschaftsschule gehen muss, die sich in einem Kloster befindet. Doch dort lernt sie Rebecca kennen und verliebt sich in die gleichaltrige Frau.

Kann das gut gehen oder verstößt sie damit zu sehr gegen die Konventionen des Klosters und der Welt? Bleibt sie alleine zurück oder findet sie doch noch ihr Glück?"

120 Seiten für 6,49 Euro

„Ein Pflaster für die Seele"
Die ISBN lautet: 978-3-7460-7947-9
Altersempfehlung: ab 16 Jahre

„ „Bloß keinen Arztroman." denkt sich Luisa, die Heldin dieser Geschichte, und ist doch schon mitten drin. Oder etwa nicht? Doktor Peters scheint genau ihr Fall zu sein. Wäre sie doch nicht so schüchtern und könnte auf ihn zu gehen. So bleibt ihr nur, in seinem Vorzimmer zu sitzen und auf den Blick seiner Augen zu warten. Gibt es da für sie die Hoffnung auf ein Happy End? Oder eher nicht?"

112 Seiten für 6,49 Euro

„Das Tor zum Paradies"
Die ISBN lautet: 978-3-7528-5837-2
Altersempfehlung: ab 16 Jahre

„Drei junge Frauen verbringen den Urlaub gemeinsam. Sie sind Freundinnen und obwohl sie nicht auf der Suche nach dem Glück sind, finden sie es dennoch. Eine jede von ihnen anders, einzigartig und genau so, wie sie es sich schon immer, vielleicht ohne es zu wissen, gewünscht hat.

Geben sie ihrer Liebe eine Chance? Oder fahren sie, nach einem Urlaubsflirt, wieder alleine nach Hause?"

124 Seiten für 6,49 Euro

Aktuelle Informationen und Neuerscheinungen finden sie immer im Internet unter:

www.Goeritz-Netz.de